在路上

杨俊良 / 著

中国海洋大学出版社

·青岛·

图书在版编目（CIP）数据

在路上/杨俊良著.—青岛：中国海洋大学出版社，
2021.7

ISBN 978-7-5670-2878-4

Ⅰ.①在… Ⅱ.①杨… Ⅲ.①文学－作品综合集－中
国－当代 Ⅳ.①I217.2

中国版本图书馆CIP数据核字（2021）第142152号

出版发行	中国海洋大学出版社
社　　址	青岛市香港东路23号　　　邮政编码　266071
出 版 人	杨立敏
网　　址	http://pub.ouc.edu.cn/
电子信箱	813241042@qq.com
订购电话	0532-82032573（传真）
责任编辑	郭周荣　　　　　　　电　　话　0532-85902495
印　　制	青岛中苑金融安全印刷有限公司
版　　次	2021年8月第1版
印　　次	2021年8月第1次印刷
成品尺寸	153mm×226mm
印　　张	15.5
字　　数	200千
印　　数	1-1000
定　　价	38.00元

发现印装质量问题，请致电0532-85662115，由印刷厂负责调换。

自序

　　我1966年春天上小学，1976年7月高中毕业，十年"文革"贯穿了我的小学、初中、高中，这让我荒废了很多大好时光。值得庆幸的是，在之后的岁月中，我的求知欲望愈加强烈，并且抓住了一些大好时机，在几个较长的时间段里利用工作之外一切可以利用的时间来学习，其中不乏持久的苦读。1979年7月，我考取了海军航空学校（现中国人民解放军海军航空大学），顺利地拿到了当时人们都很看重的部队中专文凭；1984年到1987年完成了高教自学考试汉语言文学专业的学习，较早地获得了认可度和含金量都很高的高教自学考试大专文凭；1997年到1999年通过自我加压式的学习，通过了中央党校法律专业函授本科全部课程的考试；2002年到2004年又利用业余时间系统学习了国家司法考试的全部课程。

　　2005年之后，我开始大量阅读余秋雨的书，他的书不但让我在学识上和人格上有所提升，而且在更高层次上，让我有了获取更多知识的渴望，激励我追求人生更加高远的境界。此外，这期间我还阅读了其他一些历史文学类的书籍。

回顾几十年的学习经历，尽管不是一路"过关斩将"，可欣慰还是多于遗憾，因为我没有放弃，我一直在求知的路上。

2009年5月，由于人生道路上的一次挫折，我开始寻找自己排解情绪的方法和人生新的支点，"移情别恋"或许更能准确地说明当时的心境。于是，我开始了几年前就有的一个计划——写自己的人生经历（从记事起写到50岁），上班时"见缝插针"，下班回家"奋笔疾书"。渐渐地写东西已成为自己读书、健身之外的一个重要爱好、一项重要任务。在写自己人生的同时，也写散文（包括游记、随笔），偶有诗歌作品。多年笔耕不辍，每有进展便神清气爽、怡然自得。

如果说我的"习作"也能贴靠文学的话，那么我希望这其中也能体现我的做人之道和情感世界，因为文学即"人学"，能够在最大程度上显现作品的知识性、文学性和正义性，这是我写作的根本目的。同时，我也想以此方式，让自己成为"文化赶路人"的这一心愿得到一点满足。本人愿意与各位同道共勉，以自己的微薄之力，在文学的天地里营造一个小小的空间，为建设美好的精神家园做出一点贡献。

本"习作"虽经多次修改，但因写作水平有限，在立意、结构、语言文字方面存在许多缺陷和不足，诚望阅者多提宝贵意见，本人愿拜一字之师。

2019年9月16日

杨俊良

目录

初见石林

早就听人说云南的石林非常美妙，电视里也偶尔能看到关于石林的宣传片，这让我非常向往。可因客观条件所限，我一直没有把游石林列入出行计划，只是常常有一个念头闪过：将来有条件我也要到石林一饱眼福。

人世间有些事情很奇妙，你越急于得到的东西可能越得不到，不急于得到的反而来得很快，此次石林之行便是如此。今年"十一"假期前，我在没有任何征兆的情况下得知我可以选择一条旅游路线并在节后成行，于是我选择了昆明—丽江—大理线，这条线路包括游览石林的计划。2008年10月19日下午3点50分，我与妻随旅游团来到了石林，来到了与彝族人世代为邻、为友、为傲的石林，来到了位于祖国西南边陲的石林，来到了号称"中国四大奇观"之一的石林。

还没有进景区，我在导游的指引下远远望去，看到茫茫一片各种形状的灰白的石头，混合着点点绿色，让人不由自主地

发出感叹：真是好大的气派呀！

车停下来后，我们随导游进入景区。大门口的几组巨石都在同一高度上有一道风化线，据说是两亿七千万年前海水侵蚀的痕迹，好特别的"年轮"啊！再往里走是密度不大、分布不均的石柱、石剑、石丛，还有状如水牛的石头在水中"纳凉嬉戏"，石头之间的草地碧绿柔软，散发着清新的香气。刚进石林的人都抢景拍照，我和妻也加入这一行列。

再往前走就到了石林的标志性区域——用隶书书写的红字"石林"，这二字依附在巨大的石峰上，静静地俯视着人群。这里的人最多，都是把"石林"这两个字当作背景拍照的。其中当属一些年轻女性最为活跃，她们穿上租来的"阿诗玛"服装，抢占着最佳拍照位置，摆出各种拍照的姿态，享受着旅行所带来的快乐。男人们有的扮演"阿黑哥"陪照，有的则是地道的"小工"。

拍完照片后，我想得最多的是石林牌香烟盒上的"石林"两个字，原来它的出处在这里。我终于见到了真正的"石林"，这对一个没有见过多少名胜古迹的人来说是非常欣喜的。导游说，这两个字是民国时期的"云南王"龙云所题。我极力跟紧导游，怕漏掉他的介绍，可事实上还是漏掉很多，没有办法，就顺其自然吧！

刚过标志性区域，就进入崎岖狭窄的石林小道，大家怕碰头，都小心翼翼。这时我抬头一看，半空中悬着一块巨石，似乎你大声说话就会把它震落。因为看着很危险，大家惊叹之后都快速通过，走过去放心了再点评几句。听同游的人说，电视里还专门介绍过这块石头，看来里面还藏着很多人们意想不到的故事。因为没有跟上导游，所以，这块悬石到底多"悬"，我也没能听到，挺遗憾的。

又走了一会儿，到了最让人眼花缭乱的地方：眼前的石林如刀如剑，直刺苍穹；如火如炬，燃烧升腾。导游说这叫"刀山火海"，不要在这里拍合影，因为人不能在刀山火海里生存，但可以单独照景。好险啊！如果没有导游一句话，不知多少人要上"刀山火海"，那可就惨了，真该感谢导游及时提醒。之后一段路程没有令人称奇的景观，只是一会儿如井中观天，一会儿如钻洞穴，一会儿攀缘上升，一会儿崎岖下降，必得脚下留神，头上小心，不然就得吃亏。

一个小时左右，我们到了石林的制高点——一个亭子。因为没有听到导游介绍，又未见文字标识，当时我叫不出它的名字，后来才知道叫狮子亭。从狮子亭向四周望去，石林风光几乎尽收眼底，或是千峰竞耸，或是百柱擎天，或是阴暗幽深，或是独树迎客。游客到此就像登上泰山之巅，尽情欣赏眼前的美景，累并快乐着。在这里，人们仿佛融入了美丽的大自然，忘却了一切人间纷繁，忘却了那些杂念。不过亭子太小，不能容纳多少人，所以你得收住放飞的思绪，抓紧时间拍照，然后返回。

七转八转，我们走出了茂密的大石林，来到了号称小石林的景区。这里的石林不像大石林那么险峻密集，而是散得很开，布得很匀，灵气似乎更多，给人想象的空间更大。我们一边纵情欣赏，一边风趣调侃，不知不觉间来到了阿诗玛的化身跟前。站在一池秋水旁的"阿诗玛"，头戴撒尼人（彝族的一支）头巾，身穿土黄与浅灰色相间的服装，身背硕大的箩筐，表情自信、坚毅，仿佛行进在劳动的路上。

我知道阿诗玛这个名字是20世纪70年代末。有一天，部队礼堂放映电影《阿诗玛》，当时我是新兵，我们的台长（相当排长）说我年轻不宜看爱情故事，所以我想看却没有看成，急得够呛。不过《阿诗玛》中的歌曲我倒是听过，而且听得有滋有味。那时，为了耕地，连队养了一头牛和一头驴，我轮值时经常一边看着它们优哉游哉地吃草，一边听着附近村里喇叭播放的悠扬动听的《阿诗玛》的主题曲，心里还猜想着歌词背后的爱情故事和场景。那种情景确实让我这个远离热闹且长期处于紧张、单调状态下的新兵倍感轻松惬意。我后来得知，那是一个美丽而悲情的故事：美丽的撒尼姑娘阿诗玛与小伙阿黑相爱，可热布巴拉家的少爷阿支看上了阿诗玛，阿诗玛不答应，他便在阿黑到远方牧羊时将阿诗玛劫到家中。在被劫的路上，阿诗玛把与阿黑定情的山茶花掷入小溪，溪水倒流，阿黑得信，急忙赶回救阿诗玛。大山阻道，他用神箭将大山射穿，终于在危急关头赶到。阿支要和阿黑赛歌，结果阿支告败。阿支又想用暗箭杀害阿黑，结果又未得逞。阿支无奈，只好先放了阿诗玛。阿诗玛与阿黑愉快地骑马回家，他们经过溪边时，阿支带人偷走了阿黑的神箭，放水淹死了阿诗玛。阿黑在水边悲痛地呼唤阿诗玛，渐渐地水中出现了阿诗玛的石像。这个故事离我似乎很遥远，可我的心却被深深地震撼。

因为她美丽、勤劳、善良，更因为她传奇的故事，阿诗玛赢得了人们的赞美和尊敬，千百年来人们一直在祝福她，祝福她不再被坏人欺负，祝福她永远与幸福相伴。

阿诗玛，三十年前我没能与你见面，三十年后我终于来到了你的家乡，你的身边。我细细把你打量，聆听你的爱情故事，欣赏你优美的歌唱。尽管时间短暂，你的风姿我还没有完全领略，故事的细节还不能完全记住。不过不要紧，我会尽全力去思去想……

特殊的地理风貌寄托了人们多少奇思妙想，而自然风物一旦被赋予情感和人文色彩，人和自然就难解难分、不弃不离，直至浑然一体。

天渐渐黑下来，我也一步三回头地走出了景区。再见，阿诗玛！再见，石林！

此时，我竟不知道自己是高兴还是遗憾。

2008年11月25日

城阳太和山游记

　　根据青岛市行政审批服务大厅安排，2009年5月12日10点左右，我们来到了位于青岛市城阳区的太和山。太和山我以前没听说过，更不用说亲身体验了，估计还不错，否则审批大厅领导不会把它作为活动点。我和多数同事一样，怀着期待的心情开始了此次登山。

　　太和山山脚下有一个院子，那就先介绍一下这个院落吧。不规则的院子里有两间较大的平房：一座是饭店的主体部分，有灶间、蔬菜展区和客人用餐的房间；一座正在进行后期装修，有五六个大房间，看样子也是吃饭的地方。在院子的南面有4座小房，每座面积在十几平方米，刚好放一张大餐桌。院子南面紧挨4座小房的是一排樱桃树，樱桃树上稀疏的没有熟透的樱桃似乎故意躲着人们的视线，其实躲也没用，不客气的游人是不会放过与它们的"亲密接触"，哪怕它带给人的不是甘甜。樱桃树非常养眼，是院子里唯一好看的风景。樱桃树下是一条水沟，本来是从山上流下来的清水，刚刚下山就被污染了，遭到如此待遇，真叫人心痛。还有一些干树枝乱七八糟地堆在院子中间，仿佛是在向人们倾诉被砍伐的悲惨遭遇。院子不符合典型农家院的特点，也没有现代山庄的气派，没有一点可称道的地方，更不用说美感了。目光离开小院向远处望去，西面是较平坦的坡地，正在开发房地产项目；北面、东面和南面都是由突兀的巨石和绿色装点的山体。山不高也不险，看来爬上去没什么难度。

我们拾级而上，一会儿就到了半山腰的水泥路，水泥路蜿蜒伸展，就像一条盘绕在山上的不见头尾的巨蟒。再往高处走就有了陡坡，不过还好，石头台阶一直伴随着我们。我们翻过大约三个山头，眼前呈现的是被两道水坝隔为三片水域的水库（后来知道叫云头崮水库），水库中各种鱼自由自在地游着，一会聚合一会散开，像是在故意展示它们的机敏和游泳技巧。第一道水坝的一边是美观的大理石平台，游人可以以此为观景台欣赏水中的生物和水面的涟漪，感受微微清风；一边是柱子、铁链组成的防护栏。要从坝上走过必须经过七八米宽的漫水区，要么把鞋子没进水里，要么脱下鞋让脚感受清凉。在这里我们拍了几次照，在青山绿水间，在静静的山谷里，在悠闲的气氛中。

过了太和山核心风景区，就是另一座山头。首先挡在前面的是一块巨大的石头，石头斜插蓝天，看起来骄横狂傲，下面漏空处有台阶，游人可以顺利通过。当然你也可以站在台阶之上用手做出托举巨石的姿势，可以拍出"顶天立地"的高大形象。走过一段陡峭的路段便没有了石头台阶，随之而来的是奇形怪状的石头和松树。山的顶端是一块巨石，巨石的表面已被岁月的风霜侵蚀得衰老沧桑，好在它还有一个强大坚实的躯干，否则不会昂然屹立在群山之中。我们一起爬上来的四人轮番站在巨石上摆姿势照相，大有泰山顶上一青松之气势。站在山顶远望，山势起伏激荡，绿色茫茫，心情万千舒畅。可惜我没有信手拈来名篇佳句的才气，也没有高歌一曲的能力。

下山的路实在不好走，我虽然小心翼翼，可还是出了一点小问题。我在从一块石头上往下跳的时候拉伤了左腿膝盖外侧的筋，痛得我龇牙咧嘴。我坚持走完下山的路，之后的路因为都是上坡，所以没感觉疼痛。

之后，我们来到了"霸王寨"。这是一个由纯石头组成的景点，也可以说是一个小山头。由水泥台阶登上半山腰，再九曲十八弯地攀缘上升，一会儿是台阶栏杆，一会儿是天然石洞，一会儿是狭窄的石缝，最后到达一个观景台。从观景台向西眺望，蓝天白云、山峦桥梁、乡村果园次第映入眼帘，既有风景如画的自然美，也有纯朴安逸的生活气息。

我们沿弯弯山道一路懒懒散散地走下"霸王寨"，刚好在11点40规定时间到达吃饭的地方。大约下午1点，我们开始用餐，因为大家彼此还不是很熟悉，所以都比较拘谨，不过喝酒的氛围渐渐地消除了陌生感。用餐时我们没有忘记当日是汶川大地震一周年纪念日，给罹难的同胞敬了一杯酒，安慰他们在天之灵。

太和山不大，可如果把主要景点游完也得费上大约一天的时间。据与我们分头游玩儿的同志介绍，他们走进了一个非常美丽的大峡谷，峡谷内各种树木比肩而生、怪石林立，涧水潺潺、飞鸟鸣叫，如果你大喊一声，会听到群山呼应、余音不绝，空气清凉甘甜、清脑爽身。可遗憾的是，我只有以后再寻找机会感受了。

太和山没什么名气，可当你深入其中感受它，它会给你与其他山不一样的感觉。

2009年5月22日

拜谒天一阁

　　前几年我看了余秋雨的散文《风雨天一阁》，由此才知道宁波有一个建于明代的私家藏书楼天一阁。余秋雨的文章美妙极了，令我品味无穷。我崇拜余秋雨，同时也感谢余秋雨，他使我了解了天一阁，而且十分向往。我也非常崇拜范钦及继承了他的藏书事业的后代，他们历尽艰辛与磨难，凭借着对书的挚爱和极其严格的家规，为我们保存了一个来自明代的图书馆，使得我们有机会从一个特殊的角度观察中华文明，在充满家庭气息的背景下抚摸中华文脉。从这个角度说，中国是幸运的，宁波是幸运的，我们也是幸运的。

　　我和妻是借送儿子到上海（儿子由上海转机到英国留学）的机会到宁波的，也是我和老战友、军校老同学赵伟光的一次难得的约见。他是我最好的战友之一，在部队时经常在一起谈天说地。有一段时间，他读了一些宋词，对李清照的《如梦令》《声声慢》等经典篇章爱不离口。那时，我还没有接触几首宋词，看到他有如此爱好，我既羡慕又自卑。当时我们都二十岁出头，饭量很大，一次我们已在师干部灶吃完晚饭，可还觉得不饱，就到场站干部灶每人买了两个二两的精粉馒头，拿到宿舍一会儿就"消灭"了，那真叫过瘾。转业后我们先是经常通信，后来是打电话，双方的情况都比较清楚。他事业有成，仕途之路比较顺利。对了，他的钢笔字写得非常漂亮，是中国硬笔书法协会的会员。他曾多次邀请我到宁波一游，可因各种原因一直没能成行。

2009年8月16日下午两点多，我和妻，还有妻的小侄女，在老同学的陪同下，来到了天一阁。

天一阁的大门两侧是郭沫若先生1962年参观天一阁时所题的一副对联，上联是"好事流芳千古"，下联是"良书播惠九州"。这副对联的意思很明确，是赞美范家对国家、对后代有不寻常的功德。进入大门后就是数不清的大大小小的院落，其中主要是范家老宅。据说，原来范家没有这么大，是1949年中华人民共和国成立后，当地政府为了更好地展现天一阁的历史文化风貌，把与之相邻的几个古院落纳入了整体规划。因为房子院子太多，所以我有种进迷宫的感觉。

余秋雨当年进天一阁时风雨交加，他是涉水进院的。他说："我知道天一阁的分量，因此愿意接受上苍的安排。剥除斯文，剥除悠闲，脱下鞋子，卑躬屈膝，哆哆嗦嗦，恭敬朝拜。"而我们去的时候正是艳阳高照、酷热难耐。因此我也可以说，作为平常人要拜谒天一阁也是要付出代价的，因为这毕竟是一个庄严而寓意深厚的选择。余秋雨是在宁波市文化局副局长的陪同下，而我是由战友陪同的；余秋雨登上了天一阁藏书楼阅览经典古籍，而我没有资格登楼，只能紧跟战友为我们专门请的讲解员，倾听关于这个规模世界第三、亚洲第一的私家藏书楼的故事。

我一边仔细听介绍，一边细心观察，映入眼帘的不乏亭台楼阁、碧水游鱼，古树瘦石、铜像雕刻，园子中曲径通幽，真是令人怀古幽思、遐想万千。解说员还介绍了才女钱绣芸为看书嫁到范家，而后终因不得登楼看书郁郁而死的凄美故事；介绍了明末清初的大学者黄宗羲作为外姓人第一个登楼看书的故事；还介绍了因战乱等原因，范家藏书从7万多册减到1万多册的不幸遭遇。如果对天一阁的故事深入考究，可能要用很多的文字进行描述，足以写出几部长篇文学作品或拍出几部电视连续剧，其中的某章、某集或许可以叫"钱绣芸之爱""黄宗羲临阁"。可惜我还不能胜任这个任务，就让那些既精通文学创作又对文化历史有兴趣的人完成吧。

园中有几处景物和建筑给我留下了较深的印象。

一池清水。水池伴有雕着各种动物造型的假山、各种树木，体现了江南园林之秀美和雅趣。实际上水池的功能是用于灭火，因为是活水，所以一旦遇到火灾，它就是取之不竭的水源。这池清水不但保护着范家的藏书，也是范家的"保护神"，从这个意义上说，这是一池"圣水"和"生命之水"。说到这，我不得不佩服范钦的智慧。

宝书楼。因为乾隆皇帝下旨编纂四库全书，朝廷在全国范围内征集古书典籍，范家责无旁贷，提供了地方志、政书、实录等珍本600余本。据说当时朝廷是借用，可四库全书修完，范家借给朝廷的书也让一些有权势的人物瓜分殆尽，已经没有办法归还了。作为补偿，或叫奖赏，乾隆皇帝就御赐给范家一套四库全书。范家奉为至宝，用专柜珍藏，所在的地方称作宝书楼。用若干珍本经典换来一套四库全书，是吃亏还是占便宜，我们不得而知。我非常认同余秋雨的观点，他是这样表述的："连堂堂皇家编书都不得不大幅度地动用天一阁的珍藏，家族性的收藏变成了一种行政性的播扬，这证明天一阁获得了大成功，范钦获得了大成功。"

范家原来的藏书楼。这座建于1561年的二层小楼古香古色，长久以来，它一直承担着作为范家私家图书馆的使命，尽管它现在已不是藏书楼，可它在天一阁的地位是谁也代替不了的，我们应向它投以崇敬的目光，向它鞠躬。看到它就看到了范钦，看到了范家的后代，看到了范家的藏书。拜访范家老藏书楼也是我此行的重要目的之一。

现在的藏书楼。书现在都存放在一栋三层建筑物的第二层和第三层，此楼是后建的，在整个天一阁建筑群中是最大最高的，也是普通游人可望而不可即的地方。因为一般人无法登楼，所以这个门窗紧闭的三层楼显得很神秘、很高贵。我仔细打量了一会儿，心里想：楼内那些历经几百年而很少有人翻阅的老书是否也会寂寞？书如果静静地躺在书架上，它的价值还存在吗？为了更好地纪念此行，我用相机镜头对准了绿树掩映的新藏书楼，照片中可以清晰地看到刻有"中国藏书文化研究基地"的铜牌和禁止上楼的标志。

范钦一生的大部分时间沉浮于宦海，他的主业是做官，副业是藏书，但他在官场的公事没有藏书的私事做得漂亮，他做副业达到了登峰造极的水准。他的文章、书法、学问均属一般，但在藏书方面的成就是无人能望其项背的。从这个意义上说，业余爱好也可能是一个人最重要、最闪光的注脚，做小事也能获得大成功。

此行我虽然没有看到范家的一本书，逗留的时间也很短，可谓"来也匆匆去也匆匆"，但我还是满足的，因为我看到了天一阁，亲身感受了满载历史文化瑰宝的大宅院，闻到了吸纳着几代文化大师气息的书香，也完成了与我心中偶像在文化古迹上的一次间接接触。

我为文明而来，携文明而归，我心足矣。

注：范钦（1506-1585），字尧卿，号东明，浙江鄞县（今宁波市鄞州区）人。嘉靖十一年（1532）进士，官至兵部右侍郎。

2009年9月5日

走进溪口

　　说起来可能让人觉得可笑，过去我不知道溪口是什么地方，直到20世纪80年代末才从影视作品里知道溪口是蒋介石的故乡，是曾经和中国的命运紧密相连的地方。溪口有故事，风景也不错，值得去看一看。今年8月17日上午，我的宁波战友赵伟光为我和妻，还有妻的侄女提供了全方位的帮助，实现了我走进溪口的愿望。

　　从宁波到溪口大约有40千米，因路上堵车，我们走了一个多小时才到达。我的战友停好车，为我们办理了进入景点的手续。太阳火辣辣地烧，蝉吱吱地叫，汗哗哗地淌，三十八九度的高温着实给了我们一点"颜色"。如果在家里遇上这样的高温天，我是不会出门的，而现在也顾不上了，一门心思地想看个究竟。

　　进入景点前首先看到的是一个高大的门楼，门洞的上方有"武岭"两个字，战友说是近代民主革命先驱、书法家于右任写的，门洞里面的"武岭"是蒋介石所书。提起于右任，我知道他是大书法家，还知道他的一首诗作《望大陆》。于右任1949年到中国台湾生活，晚年倍感孤寂，十分思念大陆与故乡。《望大陆》写于1962年，即于右任逝世前两年，这是一篇以思念故乡、渴望祖国统一为主题的杰作。1964年于右任先生辞世后，他的秘书在整理他的遗物时从他的日记中发现了这首诗。这首诗一经披露，就不胫而走，人们争相传颂。有人将这首无题的心灵悲歌命名为《望大陆》，或称它为《国殇》。"葬我于高山之上兮，望我大陆。大陆不可见兮，只有痛哭。葬我于高山之上兮，望我故乡，故乡不可见兮，永远不忘。天苍苍，野茫茫，山之上，国有殇。"全诗流露出了一位83岁的老人对故乡强烈的眷恋之情。

我们边走边聊，战友尽其所能为我们介绍他所了解的有关溪口、有关蒋介石的情况。蒋介石很讲孝道，这也是我以前不了解的。他专门在故居腾出空间（名"报本堂"）供奉祖宗牌位，每逢节日或回乡都要拜祭。他还为故去的母亲专门建了一座小楼，以示怀念。他知道母亲是小脚，所以把楼梯设计成适合小脚女人走的窄楼梯，希望母亲走稳走好，一片孝心可见一斑。

玉泰盐铺是蒋家当年卖盐的场所。蒋介石的祖父、父亲就是以贩盐卖盐为生，靠着做盐的生意，蒋家一点点发展起来，成为当地的富裕人家，蒋介石就出生在玉泰盐铺里。清光绪十三年（1887）农历九月十五，蒋肇聪的妻子王采玉生下了一个男婴，他就是蒋介石。

我们登上了文昌阁。文昌阁又称奎阁、乐亭，建于清雍正九年（1731），至民国时已破败不堪。蒋介石的母亲王采玉望子成龙心切，且又信奉佛教，所以早年常带儿子到文昌阁祈福。1924年清明，蒋介石从广东回乡扫墓，见其楹栋歪斜，遂请哥哥蒋介卿负责重建，次年建成。1927年12月与宋美龄结婚后，蒋介石曾来此小住。此时的文昌阁已失去了蒋介石重建时的初衷，即"愿吾乡间同志，朝夕游乐"，实际上已成为蒋介石的私人别墅和藏书楼。

我认为，文昌阁最重要的历史意义不完全在于蒋介石与宋美龄，而是在于一个人，是他给文昌阁增加了历史的深厚感和沉重感。1937年1月13日夜，一张竹筏载着一个气度不凡的中年军人和两名随从赶到溪口，被蒋介石的亲信带进文昌阁住下，此人就是张学良。张学良走进文昌阁时已是夜深人静，他面对的是茫茫一片黑暗。文昌阁成为张学良幽禁生活的起点，他住了10天后，被送往附近的雪窦寺招待所。1939年12月12日文昌阁被日机炸毁，现在我们看到的是1987年在原址按原样复建的。

小洋房也是溪口一个很有名的建筑，据说全部用砖都是从德国运来的。西间是书房，中间一间是客厅，东间为卧室。房外有一个跳水平台，平台下面是深水区。1937年抗战爆发前夕，蒋经国从苏联留学回来，蒋介石就安排他在这里住读，让他一边补习中文，研读《曾国藩家书》和《王阳明全集》等经典之作，一边撰写报告，介绍他在留学期间的经历。这所房子还居住过蒋介石的外籍军事顾问端纳和秘书陈布雷先生。

我印象深刻的还有蒋介石周姓邻居的故事。据介绍，这个姓周的邻居是蒋介石小时候的玩伴，从小一起长人，后来蒋介石出去闯荡，姓周的邻居仍在老家谋生。再后来蒋介石吩咐属下对老宅进行修缮扩建，其他邻居都让出了自家的宅院搬到他处居住，而姓周的邻居却不买他的账。他说，凭什么蒋介石显赫起来我就得搬走，我家的院子我说了算。属下把情况向蒋介石汇报，他略做沉思说，不搬就不搬吧，不要难为他了。就这样，蒋家的宅院在与周家相邻处显得比较狭窄，周家的一面院墙至今仍矗立在蒋介石故居的通道旁。

溪口是一个风景秀丽的地方，而我最感兴趣的自然景观是剡溪和参天的香樟树。先说剡溪。剡溪发源于四明山，向南汇入奉化江。如果不是亲眼所见，绝对不会想到它是如此的壮观，这哪儿是溪，简直就是一条平静却凶猛的大江大河。说它平静，是在少雨的时候，它很安静地与周围的青山、古镇亲昵交流；说它凶猛，是因为它随着雨水的猛增，在很短时间就会波涛汹涌。这不，刚刚离开的"莫拉克"台风就造成了河水暴涨，把剡溪桥都冲坏了。另外，因为水流的作用，它在某处会形成深潭，深潭的水格外清澈，可见游鱼戏水、人影晃动。李白曾有诗曰："湖月照我影，送我至剡溪。"唐朝诗人张籍也曾咏诗赞美剡溪。可见剡溪自古以来，就以其自身的秀美与恢宏打动了不少文人墨客。

我是第一次见到有几百年高龄的香樟树，高大、枝叶繁茂，树叶连成一片，把天染成绿色，把人映得宁静，它真是太有感染力了，我想不管谁见了这样的景致都会忘我、都会赞叹不已。青岛也有香樟，可此香樟非彼香樟。

2009年9月6日

普陀山两日

　　以前，我对普陀山知之甚少。前年"十一"之前，我曾策划到宁波一带包括普陀山一游，但因为与宁波的战友没有沟通好，所以只好放弃。不过，我一直在寻找和等待这个机会。本来儿子到英国留学是从北京走，因为飞机起飞时间不合适，就改为从上海直飞伦敦。因此，我和妻就利用到上海送儿子的机会往南延伸一下，算是"借题发挥"吧，既是旅游也是看望老战友。

　　战友为我们联系的是宁波当地旅行社。2009年8月18日早上七点半左右，我们乘上了该旅行社租赁的大巴前往普陀山。一路上我们两次乘汽车两次乘船（第一次是滚装船，第二次是快艇），在十点半左右才到达普陀山景点。旅行社的导游介绍了一些普陀山的情况，如普陀山的几大寺院、露天大佛的建设及开光盛典、烧香常识、进佛门圣地的禁忌。

　　普陀山供奉的主佛是观音菩萨，这里的很多故事也都是以观音为中心展开的。刚进景点就是紫竹林，《西游记》中孙悟空保唐僧到西天取经，途中遇到难处求助南海观音，观音就是在这里接见它并指点迷津的。有了这个神话故事，普通的紫竹林也就被蒙上了一层迷幻色彩，引人生发联想。说到这里我倒有一个建议，普陀山管理部门可以把《西游记》作为一个宣传主题，可能会有意想不到的效果。

经过一个上下坡，右转就来到了莲花道（一块块铁板上有莲花图案），莲花道通往露天的观音像。我们怀着希冀和崇敬的心情，脚踩莲花走到观音的近处。观音像端庄慈祥、金光灿灿，其震撼力和感染力足以令人忘却尘世、顿生佛心。据说1997年农历九月二十九早七点开光时，本来乌云密布的天空豁然露出一缕阳光，直照观音像和开光现场，令在场的佛教弟子激动不已，也令参加仪式的其他人倍感神奇玄妙。露天观音像占地面积非常大，聚集的人最多，是普陀山景区的中心。巨大的焚香碗，燃烧的蜡烛，一捆捆冒烟的佛香，无一不提醒游客，佛在这里的地位是至高至尊的，你得庄严，你得尊重，最好烧上一炷香。虔诚的信徒手举燃香，双手合十跪在木台上，默默地许下心愿，为自己或他人祈福。我虽不信佛，但我完全可以理解并尊重他们。

普陀山有三大寺院，分别是普济寺、慧济寺和法雨寺。

普济寺始建于五代十国，初建时称"不肯去观音院"，是普陀山佛教开山之起始和全山供奉观音菩萨之主刹。唐朝之后各朝代对普济寺均有扩建，期间也几次遭劫难。关于普济寺曾有这样的故事：乾隆皇帝在下江南时曾来到普陀山朝佛，一天傍晚他微服独自来到普济寺，正欲走进寺院大门时被一僧人拦住，理由是今天已到了关门的时候。乾隆皇帝吃了闭门羹火气顿生，遂与小僧理论，小僧不甘示弱地说，就是皇帝老儿来了也不能进。乾隆皇帝无奈，只好悻悻而归。第二天寺院开门以后，他又来到普济寺大门口，他看到普通百姓都从大门进进出出，毫无障碍，越想越生气。他想，朕为一国之君，连一个普通人都不如，一定要整治一下这个不识相的寺院。翌日，寺院便接到圣旨，大意是从今以后，普济寺正门非皇帝御临不得开启。到此时小僧和寺院方知是触怒了"天子"，不过后悔已来不及了。就这样，现在该寺院的大门也几乎不开。小僧人力阻乾隆的故事倒为寺院增添了几分贵气，我们应该尊重这位僧人。

慧济寺的地理位置最高，在普陀山的山顶。据说1962年郭沫若游览此地时曾出上联"佛顶山顶佛"，而随行的人中没有对出很好的下联，倒是一位山民对出了绝妙下联"云扶石扶云"，此事一时被传为佳话。

在慧济寺大雄宝殿前，我突然听到有合唱的声音，曲调庄严清静，很有穿透力。朝着歌声的方向望去，是四位结队而行的信佛之人，她们之中有三人穿咖啡色长袍，一人穿花衬衫，口唱佛歌，几步一跪拜，对周围关注她们的人群视而不见，虔诚的神态令人感动。我注意了一下她们的年纪，都是五六十岁，都是居士，应该说她们也是佛寺的主角之一。

由慧济寺到法雨寺要下1088个台阶，一路上我们看见一些香客一路叩拜而上，甚是辛苦，估计他们的膝盖会磨破流血。可最辛苦的不只有他们，还有挑夫，他们用扁担挑着装着沙子的箩筐，一个台阶一个台阶地攀登，直至运到施工现场。我顿时肃然起敬，因为没有他们的辛勤劳动，就不会有脚下的台阶，就不会有雄伟的大佛和寺院，就不会有游人如织的普陀山。

据历史记载，普陀山的佛寺自唐代以来，就有很多大德高僧在此担任住持或讲经，因此这里逐渐成为誉满全球的佛教圣地。近30年来，随着国家对宗教信仰的尊重和保护，普陀山佛寺的香火越烧越旺，更显海天佛国之气象。

我的母亲生前信佛，还加入了山东省佛教协会。母亲供奉的是观音菩萨，在青岛的那几年经常到湛山寺参加佛事活动，平日与邻里唠嗑也经常谈起慈悲为怀的观世音菩萨，对佛法很有心得。我怀念母亲，也尊重她的宗教信仰。母亲生前没有亲眼看到普陀的观音菩萨，而我看到了。为了感恩母亲，为了母亲的虔诚，我在法雨寺的九龙宝殿（观音殿）跪拜了观音菩萨像。愿观音菩萨接纳这份虔诚，愿母亲的在天之灵也能体察儿子这一份迟到的特殊孝心。

普陀山的老百姓基本不从事渔业、农业生产，他们多以开旅店、饭店、商铺和搞运输为生，日子过得很殷实。因为这里不出产蔬菜，所以在这里吃菜很贵，这也给游客增加了旅游成本。据说，今年"十一"期间，一座连接陆地和普陀山的跨海大桥将建成通车，届时，这里将会有更多的游人。

我们在普陀山的两天正赶上高温，阳光照在我们身上，额头的汗水不分青红皂白地直往眼睛、嘴里淌。当地人说有太阳的天叫佛光普照，下雨天叫普降甘霖。而此时，我们既体会了佛光普照，也体会了"头降甘霖"。

两日普陀山，所见所闻、所感所学使我受益颇多，写此文聊以纪念和自赏，不亦乐乎。

2009年9月13日

周庄之美

　　提起周庄，去过的人大都会赞美，甚至还想再次游览，没有去过的人也都十分向往。周庄究竟美在何处，那里曾发生了什么故事，还是让我们一点一点去接近、去了解、去感悟。

　　我有幸在今年8月21日携妻及妻的侄女从上海前往周庄参观旅游，一天的时间确实很紧张，还不能充分体味这座江南古镇，但我还是十分满足，毕竟我来过了。上海中北旅行社的导游小王是个口齿伶俐、专业知识扎实、很有亲和力的姑娘，在大巴上一开场就给我留下了非常好的印象，她的讲解非常提神，看来我们是幸运的。她在途中给我们介绍了与古镇有密切关系的沈万三、万三蹄等传闻逸事，这些故事令我们期待，其中提到的好吃的东西也吊起了大家的胃口。

　　在导游清脆的讲解中，在领略了一路江南美景后，我们的大巴车开进了周庄。

　　我们首先来到了位于古镇西面的沈万三故居，也就是沈万

三刚到周庄时期的住所。故居很普通，在外面看就像普通的农家院一样。院外种植了庄稼和蔬菜，长势不错。院内有几座平房，有露天的沈万三与他年幼孩子嬉戏的塑像，有电动的摇头晃脑的私塾老师正给学生上课的场景，还有一些文字介绍。据我观察，这里除了展示沈万三重视教育和介绍他当年创业的简要文字，并没有更多的物件和文字记载。

沈万三究竟何许人也，我不妨简要介绍一下。沈万三，名富，字仲荣，俗称万三，出生于浙江吴兴（今浙江省湖州市），后随父母迁往现在的周庄，靠土地和种植起家，再后来从事贸易发家。他的财富积累在元代即已完成，成为"资巨万万，田产遍于天下"的江南第一富商。关于沈万三发家致富的原因还有很多说法，但可信度都不高。

在这里我看到了著名学者余秋雨在他的散文《江南小镇》中的一段话："江南小镇历来有藏龙卧虎的本事，你看就这么些小河小桥竟安顿过一个富可敌国的财神!"因为有余秋雨精巧而又灵动的描绘,所以我更觉此行意义非常,我愿意把此行当作与余先生的一次"不期而遇",当然这是我的一厢情愿。

带着对周庄核心景点的期待,我们在导游的带领下来到了沈家的大宅院——沈厅。据史料记载,这个大宅院建于明末清初,位于周庄镇富安桥附近的南市街上,坐东朝西,有大小厅房100多间,占地2000余平方米。沈厅原名"敬业堂",后改名"松茂堂"。这里见证了沈家很多故事,我极力地看、极力地听,可能记住的还是非常有限。

先说说"万三蹄"。沈万三经过多年的农耕和商贸活动,积累了大量的财富,以至惊动了明代开国皇帝朱元璋。虽然朱元璋看重的是沈万三的财富,但沈万三能够得到皇帝的重视还是春风得意,并且得到了在家款待当朝皇帝的荣耀。不过这种荣耀享受起来有时也是战战兢兢、如履薄冰。这不,沈万三与朱元璋酒过三巡,兴致正浓,沈万三的夫人陆丽娘端上了鲜亮松软的猪蹄髈。朱元璋看到美味没有露出笑脸,而是脸色骤然阴沉下来,他放下筷子,问沈万三这是什么菜。沈万三这时方知犯了大忌("猪"与"朱"同音),他急中生智,拍了一下自己的大腿说,此菜叫"万三蹄"。沈万三的回答不但化解了一桩祸事,而且在朱元璋面前显示了聪明智慧。朱元璋看似放过了沈万三,可事情还没完,过了一会儿,朱元璋又提出一个要求,把"万三蹄"在餐桌上切成小块。这下难住了沈万三,因为如果用刀切就是在皇帝面前动刀,这是犯死罪的;如果不动刀又怎么将肉切成小块呢?关键时刻,聪明的陆丽娘替丈夫解了围,只见她用纤手轻轻一抽,把蹄髈的细骨头取出来,然后用这根细骨头当刀，先划出了大骨头，再把肉分成若干小块。整个程序干净利落，无可挑剔。朱元璋只好作罢，心中暗自佩服陆丽娘的机智。

既然朱元璋看中的是沈万三的财富，那么他必然要有所安排。明朝初年，朱元璋实施南京修筑城墙的计划，由于开支庞大，于是朱元璋让沈万三出钱，沈万三慷慨解囊，包下了南京城墙三分之一的修筑费用。工程完工后，沈万三再表忠心，主动提出要出钱犒赏三军，朱元璋问如何犒赏，沈万三称"一个士兵一两银子，也不过几百万两"。朱元璋听罢大怒，说："难道你想收买我的军队吗？"朱元璋认为沈万三有野心，遂定为死罪。据说后来还是马皇后为沈万三说了些好话，才免去一死。不过活罪难逃，沈万三被发配到云南充军。有人说沈万三死在去云南的路上，也有人说他到云南之后又很快通过经商发展起来，而且带动一方经济发展。

张厅也是周庄的一个重要的旅游景点。张厅为明代徐达之弟徐逵后裔于明正统年间所建，清初卖给张姓人家，改名为"玉燕堂"，俗称张厅。张厅是典型的江南官宦家庭的建筑，前门为站厅或称轿厅，是主人、客人下轿的地方；第二进（纵向厅堂一重为一进）为前厅；第三进为大厅，粗大的木柱下是罕见的木柱础，是明代的原物；第四进为茶厅，茶厅后窗临河，小河穿屋而过且有一段加宽成丈余见方的水池，那是船只掉头的地方，真是"轿从前门进，船自家中过"，情趣雅然。

周庄之美离不开水、船、桥，正是这些元素与其他元素组成了周庄特色，别具一格，为世人所称道。漫步周庄，映入我们眼帘的是纵横交错的小河，小河水清清的、缓缓的，在光线的作用和水边楼阁、树木的映衬下，蕴涵着说不出的柔美和诗意。穿梭于河道的小木船，裹挟着"吱吱呀呀"的摇橹声、摇船男人女人的吆喝声、乘船客人的欢声笑语，不时从我们眼前飘过。小桥更是引人入胜，它们与水、房屋、街道紧密相连，难舍难分，又因为呈现不同的造型，好像是一件件专供人欣赏的艺术品。

在众多的小桥中，最著名的当属双桥。顾名思义，双桥是两座桥，一座石拱桥，一座石梁桥。小河在这里交汇成十字河，桥为一横一竖，桥洞一方一圆，远看两座桥就像古代铜锁的钥匙，所以当地人也称之为"钥匙桥"。拱桥名"世德"，平桥名"永安"，始建于明万历年间（1573—1620），乾隆三十年（1765）重建，道光二十三年（1843）又重建。1984年，著名旅美画家陈逸飞来到周庄写生，双桥的美打动了他，于是，油画《故乡的回忆——双桥》诞生了。他将此画和其他画作在美国展出，受到美国石油大王阿曼德·哈默的青睐，出资买下此画。哈默并没有收藏，而是在他同年11月份访问中国时将经过装裱的画作赠送给了邓小平。由于此画具有非凡的表现力和传奇色彩，1985年被联合国选为首日封上的图片。从此，双桥成为江南水乡历史文化的载体和美的象征，与周庄一同走向世界。

周庄的美自古就吸引了大量文人墨客，所以从文化底蕴来说，周庄也非常深厚。西晋的张翰官至大司马东曹掾，由于厌恶腐败的政治，就以思念故乡的莼羹、鲈鱼为借口，从洛阳辞官返回故乡周庄，因此后人遂将思念家乡和故土之情称为"莼鲈之思"。唐代著名诗人刘禹锡在获罪后被朝廷贬谪，来周庄寓居。因为他在出任苏州刺史时为老百姓做了很多好事，赢得了民心，所以在他离开周庄后，当地百姓把他的离所建为佛堂——清远庵（以佛教场所来纪念活人是为了避免朝廷降罪）。唐代诗人陆龟蒙也常来周庄访友垂钓。中国近现代著名政治家柳亚子、诗人叶楚伧等在周庄发起了革命文学社团——南社，他们经常聚集在"迷楼"上，一边享用店家送上的几壶茶水、几碟小菜、几杯薄酒，一边借古讽今、抒发胸臆。风流才子、小桥流水、月夜波光，这番美景引来了不少好事者走进"迷楼"，觅诗魂、窥美景，周庄着实风流一时。著名作家三毛（陈平）也曾悄悄来到周庄。三毛是个多情女子，看到周庄如此纯美自然，她竟然流下了热泪。她迷恋周庄，想再来这里，可她已经不能再来了，周庄也永远等不来三毛了。如今的三毛茶馆静静地告诉游客，这里曾来过一位多情女子、一位才华横溢的作家。

在古风古韵、卓越人文、游客如织的周庄，我们来到一家临街饭店用午餐。这是一个二层古建筑，店面不大，第二层地面为高低两级，高的适合做戏台，我估计这里可能上演过当地的"特产"剧种、曾在中国有长达200余年热度的昆曲。我们在此坐下后，点了几个青菜，最重要的是点了"万三蹄"，一个"万三蹄"60多元，价格不菲。这里的"万三蹄"肯定不是最负盛名的沈厅酒家所产，但也确实是美味，几个人胃口大开，深刻体验了什么叫作肥而不腻、皮嫩肉鲜、回味无穷。

在我们享受周庄、赞美周庄，怀古思今、感慨万千的同时，我们也应该想到一个最简单也是最容易被忽视的问题——周庄的现在来之不易。所以，我们不能忘记一些群体、一些人，没有他们的努力就没有周庄，就没有周庄之美。首先，要感谢周庄的先民，他们在漫长的岁月中，用智慧和辛勤的劳动打造了周庄的原始美。他们的创造主要体现在对丰富水资源的疏导利用上，建筑大多围绕着水做文章，周庄的水就是周庄的灵气所在，没有水的润泽就没有周庄。其二，要感谢改革开放初期当地的政府工作人员，如果他们为经济利益所驱使而忽视专家的建议，就会破坏甚至毁掉前人留下的丰厚遗产，就不会有现在的周庄。其三，要感谢同济大学教授、博士生导师阮仪三。据介绍，20世纪80年代以来，他在考察调研的基础上，奔走呼号，促成了周庄古镇的保护。他也因对古城古镇的保护做出的突出贡献而享有"古城卫士""古城保护神"等美誉。还要感谢周庄现在的居民为我们创造了饱览古镇的一切方便条件，当然，也要感谢很多为保护周庄做出贡献的人。

一篇简单的游记难以描绘周庄，更何况周庄蕴藏的情怀幽深绵延。那么，就让我们寻找机会再次走进周庄，再次体验、再次挖掘它的美。愿周庄给我们带来美感的同时也带来更多历史和文化的思考。

2009年9月19日

那一片土地

开篇的话

2009年11月18日到22日，我有幸与本单位几个小弟兄前往长春、锦州和沈阳。我曾戏言，我们在4天多的时间打了一场"辽沈战役"，因为辽沈战役主要就是围绕这三座城市展开的。辽沈战役首先打下的是处于战略咽喉的锦州，掐断了国民党军队从陆上撤往关内的必经之路。锦州失守后，长春动摇，曾泽生起义，郑洞国投诚，长春和平解放。接着，东北野战军在黑山、大虎山一带消灭了企图南下抢回锦州的廖耀湘部队，最后攻克沈阳。我们这次的路线是长春——锦州——沈阳，与辽沈战役有所不同。

临行前，我对他们选择东北方向还有点失望，觉得应该去西部或南部地区，大冬天去东北，不是时候啊。不过，这次出差经历没有让我失望。

我们乘坐的航班晚点近4个小时，差一点就把我们"憋疯"

了。让人更为不快的是，民航部门的解释十分牵强，处置措施也欠妥。由此，我联想起媒体经常报道的乘客对民航提出的批评等新闻，看来在这方面确实存在比较大的问题。

飞机起飞后很快进入平稳飞行，从机舱往外看，那是云的海洋。开始是灰蓝色的底色驮着稀疏的白色云团，就像江河开化时冰凌在水中漂浮。渐渐地，灰蓝色没有了，所有的云都变为白色的"棉花"团，波浪起伏，无边无际。再过一会儿，一个个蓝灰的小山头又探头探脑地挤在一起，像是在打量和呼唤它们头上的"不速之客"。飞机终于甩开了纠缠着它的云朵，此时我们鸟瞰东北大地，白雪和黑土相间，开始是黑的多白的少，后来是白的多黑的少，再后来，白色统治了我们的视觉，一派白雪皑皑、冰天雪地的景象。此时的飞机已经到达长春龙嘉机场。

长春的同行小李等了我们差不多5个小时，这让我们很不好意思。我们在机场高速公路上跑了大约半小时才来到市区，这时已是晚上5点多，天早已黑下来了。长春的夜来得很早，长春的灯光也很美，尤其是交通干道两侧。悬挂在马路上的无数中国结无疑给这座城市增添了温馨之感和爱国情怀。

二人转

晚饭后，长春的同志邀我们到离宾馆不到200米的"东北风二人转剧场"看二人转，他们说，到长春不看二人转就不算真正到了长春，可见二人转在长春的分量。

我们的座位是一等座，仅次于贵宾座，座位前有茶几，还备有叫好鼓掌用的塑料手，到这里不能吝惜你的热情，你得与台上的演员互动。这可能也是二人转不同于其他艺术形式的地方。

开场的是个矮个子男演员，口才极好，后上来的女搭档也毫不示弱，在男演员调侃的语言中，闪转腾挪、从容接招，显出一副江湖老手的神姿。一番舌枪唇剑之后便是对唱，唱词以反映现实生活为主，充满了生活情趣和对美好生活的向往。后边的几组搭档大体如此，男的先上场，一番说戏之后，请出女搭档，再演说戏，之后是唱。有的台词和动作叫人忍俊不禁、捧腹大笑，如果说全中国哪种艺术形式最能逗人笑，二人转当位列前茅。当然，能登上这样舞台的演员也不是随便选的，他们都有了得的功底。首先，他们的舞台感极好，有亲和力；第二，他们都有天生的好嗓子，唱功十分扎实；第三，他们都很会表演。

特殊的地理环境孕育了独特的艺术形式，而这种艺术形式又充分表现了东北人民粗犷豪迈、敢恨敢爱的性格。

耻辱的皇宫

11月19日下午，我们来到了位于长春市区的"伪满"皇宫参观。我小的时候经常听大人提到"伪满时期""康德""新京"，那时候似懂非懂，至于伪满皇宫是什么我更是一无所知。对于伪满皇宫这个概念，我最近一些年才多少了解了一点。不过了解归了解，自己从没想过要实地看一看，原因大概有三个：一是到长春出差的机会很少，二是即便自己选择旅游线也很难选择长春，三是伪满皇宫还不足以吸引我。

这次来长春，我们也没有把参观"伪满"皇宫列为"必修科目"，我们的首选是到吉林市看雾凇，那可是中国四大自然奇观之一，机不可失。可经过询问，看雾凇还不到时候，要到12月份。至于他们说的情况是否属实，我们无法考证，只好相信。长春的同行向我们推荐了"伪满"皇宫并为我们提供了参观的一切方便条件。看风景是亲近自然、欣赏自然，神情是轻松的，而看历史遗迹则是追忆、思考，心情也许会很沉重。带着复杂的心情，我来到"伪满"皇宫博物院的门前。

我们随一位女导游一步步走进皇宫，走近那一段耻辱的历史。

首先映入我们眼帘的是一个不大不小的跑马场，这是当年溥仪骑马的地方。不过，他骑马的意义仅是消遣而已，与他的先祖康熙、乾隆皇帝等在围场弯弓射箭、骑马狩猎、彰显尚武精神的行为可谓天壤之别。

接着我们进入了皇宫的大门"兴运门"。"兴运门"的内侧上方镶嵌着一个时钟，时间停在9点10分，据说这是溥仪得知日本投降的消息后，于1945年8月19日，带着一些国宝仓皇逃离伪满皇宫的时刻，这是一个令国人永远不能忘记的时刻。

勤民楼靠西的一个房间，是1942年溥仪会见汪精卫的地方，现在这里有溥仪、汪精卫、日本关东军高级参谋吉冈安直共同举杯的蜡像。吉冈安直的办公室亦设在勤民楼。吉冈安直作为日本关东军高级参谋，以关东军与溥仪之间联络人的身份进驻"伪满"皇宫，但他的权力却无限大，溥仪在正式场合的一言一行、一举一动，都要受到吉冈的监视和控制。同德殿大厅上方有四盏宫灯。二战时期，溥仪为了讨好日本人，捐出了这四盏纯铜的宫灯给日本人造武器。现在的四盏宫灯是仿制品。

游览历史名胜，我们或为先人非凡的业绩、品德所折服，或为古代的建筑成就而感叹，或为建筑与自然的浑然一体而陶醉。而参观"伪满"皇宫却不然，它让我压抑、愤怒，让我的心情变得灰暗。

雪情

20日上午10点半左右，我们来到了位于长春东南方向的净月潭滑雪场。滑雪场所在地是一个远离城市喧嚣的风水宝地，经过多年的植树造林，这里已形成了8000多公顷的林海，号称亚洲最大的人造森林。森林之中还藏着一个面积不小的净月潭，潭水已经冰冻，冰面有的被雪覆盖，没有被雪覆盖的冰面在太阳的照射下夺目耀眼。置身冰雪之中，吸进的空气都是清新的，感受到的都是舒坦和快活。

我们穿上滑雪衣和滑雪靴，扛上滑雪板，小心翼翼地走进了滑雪场。滑雪场是一块坡地，据说当年这块坡地上都是参天大树，滑雪场是把树砍伐后建的，我听后觉得有点可惜。滑雪场的北边有一台人工造雪机，向半空中吐着耀眼的雪弧，再往北是平静的净月潭，东、南、西面都是高高的落了叶的大树。这里的人不多，也许人们都有一种共识，认为刚开放的滑雪场肯定人满为患，因此有意避开，实际上却恰恰相反。我在教练的指导下装上滑雪板，一点一点走向索道起始点。我手腿并用，使身体与上端连接在索道上的拉杆完美地结合，不一会儿就被带到了滑雪起点。教练告诉我，两脚尖要向内扣，呈内八字形、双腿弯曲、上身前倾、目视前方，用脚的内扣角度和滑雪杖来控制速度和方向。我做好了准备，出发！一路战战兢兢、歪歪扭扭，就这样完成了我的第一次滑雪。第二次就好了一些，第三次更好，之后每次都有进步。我的胆子渐渐大了，教练也不用紧跟在我的后头了。几个回合下来，我提出到最高处往下滑的要求，教练同意了。我小心地下滑，控制好方向，速度一点点加快，成功了！而且没有摔跟头。我的一个年轻同事在滑雪前曾对我说，学滑雪摔跟头是免不了的，可能会摔得很惨。而我从开始的滑短道到第一次滑长道，还没有摔过一次，因此我很骄傲，我曾向他们大声说，我还没有摔跤呢！什么事都不能吹牛，吹牛就要有麻烦，果然，第二次的长道滑，我掌控不住速度和方向，终于以一个不漂亮的姿势破了我的不摔跤纪录。接下来几次长滑我接受了摔跤的教训，注意动作要领，适时调整方向与速度，越滑越好，越滑越自信，兴致越来越高，以至不想吃中午饭了，当时我真体会了什么叫"乐不思蜀"。没有办法，没有不散的"宴席"，长春的同行已经等我们好半天了，我们只好"鸣金收兵"。

我没有滑过雪，但对滑雪似乎不陌生，而是找回了一些童年的感觉。小的时候在老家农村没有滑雪的条件，但我们玩的花样不少，其中主要有：在雪地上坐狗拉爬犁，打雪仗，在雪堆上摔跤，把雪放在冰上"打出溜滑"。我想我之所以在滑雪时只摔了一个跟头，大概与我儿时的"打出溜滑"有关。踩起来咯吱咯吱的白雪印下了我童年的足迹，虽然凌乱，可那是快乐的足迹。

面对雪和森林，我还想起了小时候经常看的样板戏《智取威虎山》，少剑波带领小分队在大年三十晚上披着白色斗篷，在茫茫林海雪原滑雪前往威虎山的场景。尽管那是一次残酷战斗的前奏，但其场面非常具有浪漫色彩。

没想到，雪在几十年后又给我带来这么多快乐，滑雪运动竟如此妙不可言，它不但结合了技巧、速度和胆量，还会留住一个人的心。不可否认，尽管我还不算会滑雪，可从此我对滑雪有了一份特殊的感情，而感情的起源就是长春的净月潭滑雪场。

对了，我刚知道2010年瓦萨滑雪节的开幕式就在净月潭滑雪场举行，到那时，这里就是瓦萨滑雪节的"主战场"。

走近辽沈战役

辽沈战役是三大战役中最先开始的，也是中国人民解放军由弱转强的战役，从此，中国人民解放军在武器装备上有了很大提升，在数量上也占了优势，更重要的是拥有了一个稳定的战略后方，为后面的淮海、平津两大战役的胜利创造了有利的条件。关于此次战役的过程、战略等，我已通过很多文字资料和影视作品略知一二，这次近距离接触，让我对它有了更深刻的了解。

11月21日上午9点，我们来到了位于锦州市区的辽沈战役纪念馆。纪念馆主体建筑面积8600平方米，正面造型似中国式牌楼。纪念馆作为国防教育基地是免费参观的，所以只要到领票处领到票，就可以进入馆内。我们按照箭头所指，先后参观了战史馆、支前馆、英烈馆和中国第一座全景画馆。在战史馆，我看到一个外观像钢琴的木制物件，物件的下方有几行文字，大意是1945年9月9日，我山东八路军海上挺进东北先遣队在辽宁庄河登陆，一天晚上因误会与苏军发生冲突，双方剑拔弩张。这时我军一位文化教员用风琴弹起了《国际歌》，苏军非常惊异，遂与先遣队的战士们唱起了《国际歌》，从而消除了误会，免去一场自己人打自己人的误会。文字不但介绍了木制物件里面的宝贝，重要的是讲述了一段惊险而美丽的战争故事，也可说是战争中少有的浪漫情怀。战史馆里陈列了很多当年参战部队使用的武器，其中有坦克、机关枪，还有前线高级指挥员和一般战士使用的物品。触景生情，见物思人，战争带给人的是残酷、灾难、悲壮。最后参观的是全景画馆，这是中国第一座全景画馆，它采用了在世界处于领先水平的多媒体幻影成像技术，再现了"辽西会战"中"攻克国民党东北剿总司令部"的战争场景，使之成为具有强烈吸引力和震撼力的"亮点"。进入这里就像进入了当年的战场：枪声炮声、火光冲天，硝烟弥漫、战马嘶鸣，血染疆场、遍地横尸。我们没有参战却又实实在在处于战争的包围中。声光电技术确实很逼真，但我真的不忍心长时间地当这种看客。

辽沈战役从开始到结束用了52天时间，而我们用了不到两个小时就草草地看完了。

丰盛的午餐

此行让我有一种从前没有过的骄傲与自豪，因为我结识了一位我非常崇拜的历史上的一个重要人物的后代，他就是魏晋时期"竹林七贤"之一的嵇康，此次我结识的便是他的68代孙嵇强。

为什么我对嵇康那么崇拜，这要说到余秋雨，是他的《千古绝响》征服了我，是这篇行云流水、意境深远的散文让我结识并从心底里喜欢上了这位魏晋名士。余秋雨在这篇散文里用了较多的笔墨写嵇康，充满了溢美之词。

嵇康，224年出生，字叔夜，谯国铚县（今安徽省濉溪县临涣镇）人，官至中散大夫。文学成就主要是散文和四言诗，其散文论证严密，逻辑性与形象性有机结合，多与礼俗相违，表现了对当时社会现状的不满，言辞激烈，锋芒毕露。另外，嵇康还是造诣非凡的音乐家。

嵇康的性格呈两面性，一方面崇尚老庄，恬静寡欲；一方面尚奇任侠，刚肠疾恶，他的表现常常为世人所惊异。

阮籍母亲去世，而阮籍对前来吊唁的人不屑一顾，很不符合常理，人们对此颇有微词。但嵇康不这么认为，他知道阮籍想什么，于是带上酒和琴来到灵堂。果然，阮籍不但没有责怪的意思，反而热情迎接，两人席地而坐，在灵堂前痛饮，然后一起大哭。他们用一种特殊的方式祭奠故去的亲人，而别人怎么看与他们无关。

嵇康的好朋友山涛（字巨源），官至尚书吏部郎，可有一天他对做官没有兴趣了，写了"辞职报告"。朝廷看他去意已决，就让他推荐他的继任者，于是山涛推荐了嵇康。这本是一桩好事，可嵇康没有领情，更没有去做官，还因此与好朋友山涛断绝了关系，写了一封《与山巨源绝交书》。在这封绝交书中嵇康表明自己不适合做官，责怪山涛"逼我发疯"。值得一提的是，山涛在嵇康被朝廷处死之后，他的儿子嵇绍得到了山涛的庇护，长大后由山涛推荐他做了官。

嵇康对仕途已经厌烦，他追求的是一种随心所欲的生存状态，于是他选择了远离洛阳城的铁匠生活。一天嵇康正在挥锤打铁，忽然远处一队人马向铁匠铺走来，来者不是别人，正是朝廷宠臣钟会。钟会很景仰甚至敬畏嵇康，以前曾将自己的文章通过很隐秘的方式送给嵇康指教。现在的造访，一是表示对嵇康的尊敬，另外也有显示自己功成名就的意思。可嵇康不买他的账，仍然与朋友向秀不慌不忙地打铁。钟会吃了闭门羹，只好悻悻离开。没走几步，嵇康发问："何所闻而来？何所见而去？"钟会也不是等闲之辈，回复了一句："闻所闻而来，见所见而去。"

因为嵇康对司马氏集团采取不合作态度，因此遭到当权者的迫害，终于招来杀身之祸。当时三千太学生请求赦免，愿以嵇康为师，可司马昭不允。临刑前，嵇康镇定自若，要求哥哥嵇喜把琴拿到刑场。余秋雨先生是这样描述的："琴很快取来了，在刑场高台上安放妥当，嵇康坐在琴前，对三千太学生和围观的民众说：'请让我弹一遍《广陵散》，过去袁孝尼他们多次要学，都被我拒绝。《广陵散》于今绝矣！'刑场上一片寂静，神秘的琴声铺天盖地。弹毕，从容赴死。这是公元二六二年夏天，嵇康三十九岁。"

再说嵇康的后代嵇强。我是在他的办公室第一次与他见面的，他长得不如他的先祖嵇康高大，中等身材，五官端正。他是一个中层公职人员，很健谈，也很实在，谈话一开始，我就觉得此人非常有亲和力。而当他的同事介绍他就是嵇康第68代孙时，我感到惊异和欣喜，没想到在这里能与名人之后邂逅，乃三生有幸矣。因为奇遇，所以我与他的谈话就多了一些话题。据嵇强介绍，他的家族在江苏涟水嵇家庄（当然别的地方也有嵇康的后人）。他的父亲很早就离开原籍从军，以后又在外地工作，很少与家乡亲属联系，所以对家族的事情了解非常有限。父亲尚且如此，到了嵇强一代对家族的了解就更少了，几乎是一片空白。这种情况一直持续到他结婚后回原籍探亲和祭祖。此次回乡，其隆重程度大大超乎他的预料，有点状元回乡的意思，据说这与他是家族中的长门后代有关。村里几乎家家户户（嵇氏家族）都把招待最尊贵客人的隆重仪式搬了出来，在大门口放上桌子，冲上最好的茶叶，摆上鲜亮的水果。他和妻子每到一家的门前，都要接受这一份热情和礼遇，他们确实受宠若惊。住下后，他和妻子吃百家饭、喝百家酒，深深地沉浸在浓浓的家族亲情中。临走时，几乎全村相送，一些长辈千叮咛万嘱托，有说不完的话。更叫人难以承受的是，他们都哭了，哭得很真诚、很不舍。所以，他也哭了，为亲情而哭。

现在，嵇家有家族事务委员会，该委员会负责编写族谱和大事记，组织运作家族重要活动，很有威信。

那天，吃中午饭的饭店环境不错，饭菜和酒也不错，可我认为这些都无法与我们之间的谈话相比。我与嵇强的交谈，是在感悟他先祖的超凡脱俗、才华横溢和潇洒俊逸，我享用了一顿精神盛宴，这种感觉我还是第一次有。

义县访古

2009年11月21日下午，我们在锦州同行的陪同下前往义县，我们的目的地是位于县城的奉国寺。义县究竟有哪些值得称道的地方呢？还是让我简单地盘点一下。

这里的古生物化石蜚声中外，主要有鱼类、鸟类、昆虫类、爬行类和植物类。其中以鱼类最具特色，数量丰富，保存完好。这些化石在研究地质发展史、古生物及气候的演变过程方面，具有重要的科研价值，同时也具有很高的收藏和观赏价值。

这里有北魏太和年间（477—499）开凿的万佛堂石窟，万佛堂石窟是我国东北地区年代最久、规模最大的摩崖石窟群，与云冈、龙门两大著名石窟同属一脉，是由书法摩崖、石刻造像构成的艺术综合体，具有很高的历史价值和艺术研究价值，是中华民族之瑰宝。

这里曾是有200余年历史、与北宋对峙了100多年的辽国的疆土，还走出了一位在中国历史上占有一席之地的非凡女性——萧太后。萧太后是中国北方民族政权中第一位也是唯一一位有名的女政治家和军事家，她名萧绰（953—1009），小字燕燕，辽景宗时被选为贵妃，后册封皇后。因其子辽圣宗耶律隆绪继位时年仅12岁，所以萧太后摄政临朝长达27年。在其统治辽国期间，曾多次发动对北宋的战争，北宋著名将领杨继业和杨延昭父子的主要对手就是她，澶渊之盟也是她摄政期间与北宋朝廷签订的。萧太后对汉文化十分崇仰，尤为笃信佛教，曾花费大量金钱建寺院和佛塔，这使当时的辽国拜佛之风极盛。我一直很崇拜杨家将，说不准自己还是杨家将的后代，所以深入辽国故土时也别有一番感慨。

这里是辽沈战役打响第一枪的地方，作为东北野战军炮兵纵队司令员的朱瑞将军就是在这里牺牲的，他也是解放战争时在东北战场上牺牲的最高级别的将领。

再说奉国寺。我们从高速公路下来没走多远就到了义县县城，穿过了人车混杂、泥泞不堪的街道来到了奉国寺，一位导游为我们进行了讲解。

奉国寺是自称释迦牟尼转世的辽圣宗耶律隆绪在辽开泰九年（1020）为其母亲萧太后所建的皇家寺院（此时萧太后已去世），也是一座宏伟壮观、保存较为完整的古代寺院。大雄殿是奉国寺的主要建筑，位于中轴线的北端，面宽九间，通长55米；进深五间，通宽33米；总高度24米，建筑面积1800多平方米。它是国内辽代遗存的最大的木构建筑，也是全国规模最大的大雄宝殿。大雄宝殿的佛坛上塑有一组彩色群像——"过去七佛"，为佛教界独一无二的群像。佛像高大、庄严、俊秀，虽经千年风雨，却仍然保存完好，在国内外佛教界具有特殊的影响力和知名度。梁架上的辽代彩绘、山墙上的壁画、佛坛前的石雕供器也和佛像一样，均属古代艺术珍品。关于佛像还有一个传说：1948年10月1日，在辽西战场，国共双方军队交战正酣，一发炮弹正好从大雄宝殿上方落下，炮弹穿过殿顶直冲释迦牟尼像而来。此时的佛祖不慌不忙、镇定自若，伸出双手接住了炮弹。炮弹没有炸，而是乖乖地躺卧在佛祖面前。佛祖的双臂受到重创，但他却以神奇的法力保住了宝殿和生灵。

还要多说一句，义县除了萧太后，还走出过两位名人，一个是耶律楚材，一个是萧军。

元代名相耶律楚材，契丹族，辽皇族后代，他先后辅弼成吉思汗父子30余年，官至中书令，为元代立国安邦建立了不朽的功勋。

萧军，原名刘鸿霖，笔名三郎、田军等。1925年考入张学良在沈阳办的东北陆军讲武堂第七期，1931年开始文学生涯，1933年与萧红共同自费出版小说散文集《跋涉》，1933年8月发表长篇小说《八月的乡村》，1938年到延安，历任中国文联委员、中国作协顾问、中国作协北京分会副主席。1986年我在中国海洋大学礼堂听过他的关于文学和人生的讲座。对了，萧军在20世纪30年代在青岛居住过，《八月的乡村》就是在此期间完成的，因此，青岛与萧军也是有渊源的。

"道光廿五"酒

清朝第七位皇帝宣宗旻宁的年号为道光（1821—1850），这是一个与列强签订过不平等条约的皇帝，穿破烂衣服是他的标志性特点，当时满朝文武穿得都像乞丐。这里不说道光皇帝的故事，而是酒的故事。在我们结束锦州之行前往火车站的路上，偶见一"道光廿五"酒的广告牌，我以前没有听说过这种酒，更谈不上亲口尝一尝了。其中有一位同事可能出于对酒的历史感兴趣，就向锦州的同行打听。可没想到，就是这一问牵出一段佳话。

本来我们听到的只是简单的介绍，当时没有想到要写点东西记录一下，但回来整理行程见闻时，觉得此事还有一些意思，有必要把这段带有考古色彩的故事记述下来。当然记述文字的来源不只是锦州同行的介绍，还有我查找的资料。

1996年6月，锦州市凌川酒厂的老厂搬迁时，工人在厂区地下偶然挖到一个木制容器，在破损处发现里面装满液体，并闻到了一股浓浓的酒香，后经小心发掘，共起出四木酒海（装酒的容器）。酒海内侧是多层涂过鹿血的宣纸糨糊（鹿血一直被东北游牧民族视为补养的珍贵之物），宣纸上用汉字、满文书写有"大清道光乙巳年"（道光二十五年）和其他一些文字，内装原酒四吨左右。经国家文物局鉴定，这些穴藏一个半世纪的白酒是贡酒，为"世界罕见，珍奇国宝"，遂以"道光廿五"为酒命名，定为液体文物。

1999年，约10公斤木酒海原酒作为稀世国宝被中国历史博物馆收藏。这年的10月26日在京对部分原酒进行拍卖，其中有一个标的为3瓶装的3.5千克贡酒拍出了14.1万元的价格，可谓价值连城。

据考证，酒厂的前身是创建于1801年（嘉庆六年）的"同盛金烧锅"，创始人是满族贵族高士林。

当时清王朝的统治中心已由东北迁入北京100多年，但紫禁城的皇帝一直保持着回盛京（今辽宁省沈阳市）祭祖的传统。祭祖需要大量的美酒，皇帝返回盛京必须路过锦州，因此"同盛金烧锅"（在东北地区，人们习惯上把酿酒的作坊称作"烧锅"）有幸承接了为皇帝一行备齐美酒的任务。从此，"同盛金烧锅"酿造的美酒便由普通的烧锅酒演变为贡奉给皇帝的宫廷美酒。这种酒的原料是北宁薏米和义县黑壳红高粱，专家品评认为，这种酒呈微黄色，浓郁陈香，入口绵柔，醇厚细腻，后味悠长。这种酒还因是"世界上迄今发现的窖贮时间最长的穴藏白酒"而被收入世界吉尼斯大全。

相信这悠久的历史和传奇的出身，一定会让新的"道光廿五"酒走出锦州、走出辽宁、走出中国，香漂八方。也祝愿锦州这个有着深厚历史底蕴和在中国人民解放事业中有举足轻重地位的城市，经济发展越来越好、人民群众的生活越来越幸福，成为人们向往的锦绣之州。

不能忘却的记忆

2009年11月22日下午一点多，我们来到了位于沈阳市区的张氏帅府参观，所谓张氏帅府就是张作霖、张学良在东北时生活和办公的场所。我们跟随导游一边听一边看，转悠了大概一个半小时，有的地方印象深一点，有的地方几乎没什么印象。我也感到无奈，导游不会给你细品的时间，走马观花而已。有几个地方在我心中比较重要，想写一些文字记录一下。

小青楼是张作霖为五夫人专门修建，是一座中西合璧式的砖木结构建筑。小青楼分上下两层，一楼东屋为五夫人卧室，西屋为会客厅，二楼为张作霖的几个女儿居住，所以此楼人们也称"小姐楼"。本来张作霖只打算让五夫人独享小楼，但怕引起其他夫人的不快，故不但在小楼里安排几个女儿居住，还有意将五夫人的卧室安排在光线不是很好的一楼。五姨太寿夫人，满族，有一定的文化水平，精明能干，张家的一切内部事务都由她一个人打理。她为张作霖生有4个儿子，也是张作霖最喜爱的夫人。在1928年6月4日"皇姑屯事件"中，当时张作霖被炸成重伤，就安顿在小青楼一楼西屋会客厅里，几个小时后在这里谢世。日本人为了搞清张作霖是否被炸死，特派一日本女子到帅府打探虚实。五姨太得到通报后，沉着应对，她安排一个与张作霖讲话声音很像的男子提前进入小青楼会客室，并有所交代。待日本女子来到帅府小青楼与五姨太在会客室外说话时，该男子模仿张作霖的腔调大声说道："谁在说话？"日本女子听到"张大帅"说话，无心久留，便急忙回去报信了。此计巧妙地骗过了日本人，为张学良稳定东北局势赢得了时间。

大青楼是一座罗马式建筑，于1922年建成，面积2460平方米，因该楼用青砖而建，故称大青楼。1928年"皇姑屯事件"之前，大青楼是张作霖办公及家眷居住的地方，之后，张学良进入大青楼办公。这里最有名的是北面的客厅老虎厅，因厅内摆放一只老虎标本而得名。老虎标本是东道边镇守使汤玉麟在大青楼建成之际送给张作霖的（现在摆放这里的是复制品）。1929年1月10日，震惊全国的"杨常事件"，即张学良处决杨宇霆、常荫槐，就在此厅。

"皇姑屯事件"后，曾经是张作霖老师左膀右臂的杨宇霆、常荫槐二人倚老卖老，根本不把张学良放在眼里，摆出一副"摄政王"的架势，动辄对张学良进行训斥甚至辱骂。张学良忍气吞声，始终憋着一肚子火。

张学良与杨、常最突出的矛盾还是表现在"东北易帜"问题上。张学良主张改旗易帜，统一山河，共御外侮；杨、常则竭力反对，原因是一旦易帜会极大影响他们早已取得或即将取得的个人利益。之后，张学良还是冲破了重重障碍，于1928年12月29日向全国发布易帜通电。

初识沈阳故宫

2009年11月22日下午3点，我们一行在辽宁同行的陪同下，来到了位于沈阳市中心的清代故宫参观。

沈阳故宫是清代的奠基者努尔哈赤和皇太极建造的宫殿，始建于天命十年（1625），历时11年基本建成。有房屋300多间，占地6万多平方米，是我国现存的仅次于北京故宫的最完整的古代帝王宫殿建筑。它以崇政殿为中心，从大清门到清宁宫为一条中轴线，将沈阳故宫分为东、中、西三路。

中路为沈阳故宫主体。崇政殿是清太宗皇太极日常朝会议政的地方，1636年皇太极的称帝大典及清天聪十年四月"后金"改国号为"大清"的典礼就在这里举行。1644年清迁都北京后，历代皇帝"东巡"时，都在这里临朝听政。

凤凰楼是清宁宫的门户，也是皇帝商议军政大事和举行宴席之所。凤凰楼既是后宫的大门，又是整个宫殿建筑的制高点，在楼上观看日出，极为美妙。所以有"凤楼晓日""凤楼观塔"之美景，是沈阳的著名景观。凤凰楼正门上额的"紫气东来"金字横匾是乾隆皇帝的御笔。

过了凤凰楼就是皇太极的后宫了。正中是清宁宫，清宁宫原叫"正宫"，东一间是皇太极和孝端文皇后博尔济吉特氏的寝宫，称暖阁，1643年皇太极就在这里"端坐无疾而终"，终年52岁，后葬于昭陵。

东路是以大政殿为主体，两侧辅以方亭十座，称"十王亭"。大政殿建于努尔哈赤时期，是沈阳故宫最早期的八角重檐大木架亭子式建筑。大政殿是皇帝举行大型庆典的地方，1643年清世祖福临在此即位。

西路以文溯阁为主体，前有戏台、扮戏房等。文溯阁于乾隆年间建成，是仿明代浙江宁波大藏书家范钦的"天一阁"所建。文溯阁是专为存贮清代大百科全书《四库全书》和《古今图书集成》而建的。

再说说沈阳故宫的缔造者。清太祖努尔哈赤，满族，姓爱新觉罗，通满汉文字。1583年至1588年努尔哈赤首先统一了建州各部，然后逐渐扩大统治地盘，创建八旗制度并命人用蒙古文字母创造满文。1616年建立后金，称后金国汗。萨尔浒之战后，进入辽河流域，1625年迁都沈阳。他经营40多年，统一了女真各部，在清朝的初期发展中起了重要作用。

皇太极（1592—1643），努尔哈赤的第八子，在努尔哈赤战败身亡后继"后金"汗位。天聪十年（1636）四月，改称帝号，建立大清帝国。皇太极博览群史，气度恢宏，军事上有勇有谋，政治上极富开拓精神，既有强烈的民族意识，又十分向往汉族文化，因病猝死于清军入关前夕。

努尔哈赤和皇太极都是一个王朝崛起的策划者和实践者，而沈阳故宫就是他们成就霸业的根基和重要标志。因此，我们在这里欣赏融汇了满汉建筑风格的皇宫的同时，也是在欣赏两代君主的功绩。首先是他们在文化层面上做出的贡献，这其中包括对本民族文化的发扬光大，如创建满文，对汉文化的潜心学习和吸纳，为以后几乎全面继承汉族文明奠定了基础。其次就是他们在军事上富有创造性，如八旗制度的建立就很好地解决了军事指挥和提高军队战斗力的问题。

沈阳故宫真实记载了一个王朝崛起的过程和气势，它不仅体现了满族固有的民族特色，还融合了汉、蒙、藏等民族的建筑风格，气势恢宏，是不可多得的艺术瑰宝。

2009年12月17日

清晨，我在雪中

这些年，青岛的雪越来越金贵了，冬天能看到一场像样的雪似乎是一种奢侈。今年和往年差不多，入冬以来雪总是躲躲藏藏，尽管气象部门多次预报降雪，可它就是不现身。

我想这或许是环境破坏的后果，如果保护环境还仅仅停留在口头上，再过若干年，我们的子孙很有可能不知雪为何物了，那是很叫人伤感的事，是人类的悲剧。

每年我盼雪的心情都非常迫切，以至成为心病，这可能与我在东北农村长大有关。我对雪的认识是这样的：第一，雪就是冬天的象征，没有雪就没有冬天，至少不是一个完整的冬天；第二，雪可以使土地增加水分，可以为农作物的丰收提供有利条件，这是我的农民、农村情节；第三，雪可以净化空气，有益于身体健康；第四，雪是美的，是形象思维的"触点"，没有雪的冬天是缺乏想象力的。

从昨天晚上我就开始不断地关注雪情，晚上11点多没有，后半夜2点多还是没有。由此，我想到前一时期屡报下雪而屡屡爽约的情况，心里不免又产生了几丝惆怅。今晨6点我准时起床，看到地面已显白色，天空中还继续飘落着细碎的雪花。我兴奋不已，大声对妻说："这次总算报准了，终于下雪了！"

我没有迟疑，仍按时走出家门，开始小心地在洁白柔软的雪地上印下我的脚印。脚下的雪发出咯吱咯吱的声音，眼前的雪花在舞动，我被包围在雪中，被包围在清晨的宁静中。

在雪地里我一会儿走，一会儿跑，大约6分钟，到了每天活动的场所——辛家庄北山公园。山上比往日安静，一条环山的石板道没有几人行走，弯弯曲曲的健身路径也没有留下多少脚印，往日的"北山社会论坛"也没什么动静。我想，他们或许不忍心践踏这一地的纯白而在家中窗前欣赏这迟到的雪景吧，或许他们正好找到一个休息的理由在温暖的被窝里享受"回笼觉"。我们的太极拳老师和几位早来的徒弟正在雪松下鼓捣一个新式的数码设备。老师不辞辛苦，来的徒弟也是好样的，能在雪天坚持练功足以说明他们的专注和恒心，他们乐在其中，其乐无穷。

音乐响起来，我加入队伍开始打拳。我还是第一次在雪中打太极拳，那是一种别样的感受，是一种超凡脱俗的感受，一种置身于仙山琼阁的感觉。清新的空气、舞动的雪花、专注的神情、舒缓的音乐组成了一副极美的景致。我虽拳打得不好，但这丝毫不妨碍我的感受。我们在雪中连续打完四套拳，脚下的一片洁白已经被践踏得不成样子，每人的头上、身上也都积存了雪，抖一抖，散落的是一地快乐。此时，雪与打拳已经进行了完美的结合，雪似乎为打拳而下，打拳是为了与雪共舞。

我每天的锻炼结束时间是早上7点半，而今天，由于下雪的缘故，我多练习了一会儿。因为我知道，明天这一片银装就要卸下或者只有一点儿残留，何时雪再来我也不知道，或许是明年。

　　在回家的路上，我看到因为撒了融雪剂，路上的雪变成了黑水，主要交通道路已经恢复成往常的样子，我多少有一点伤感。

2009年12月27日（下雪的日子）

我的偶像艾弗森

我最喜欢的体育项目是拳击和NBA（美国职业篮球联赛），我的周末有很多时间是与这两个节目共同度过的。假设两项比赛在不同频道同时转播，一般情况下我首选拳击，但有一种情况是例外的，那就是有艾弗森的比赛我会毫不犹豫地选择看篮球，因为我喜欢艾弗森，他就是我的篮球情结，在所有的体育明星中他是我的最爱。

我开始从电视里看NBA约在20世纪90年代中后期，那时录播（据说当时还没有直播）的场次不多，记忆最深刻的是两次总决赛，都是公牛和爵士的比赛。我出于同情弱者的心理，好像对爵士队偏爱些，尤其喜欢爵士的后卫斯托克顿，总希望爵士队战胜公牛队。可遗憾的是爵士就是差那么一点儿，与总冠军失之交臂，因此我常常看得比较郁闷。当然我也非常钦佩"飞人"乔丹，如果公牛队与其他队比赛，我肯定希望公牛赢。当然随着对NBA的熟悉，我喜欢的球星还有巴克利、皮蓬、库克奇、奥拉朱旺等。

一个周末，上高中的儿子一边看篮球杂志，一边对我说："艾弗森真狂，他说乔丹是谁，根本不把乔丹放在眼里。"我说，还有人敢瞧不起乔丹，也确实太牛了。实际上我当时还不知道艾弗森什么模样，不过，从那时起我在看球时，就开始注意这个敢于藐视乔丹的人，想看看他的本事究竟有多大。愿望是愿望，由于时间对不上点儿，我寻找了很长时间也没能看到他的比赛。终于在2005年2月13日，我看到了他率76人队与灰熊队的一场大战，他的手"热得发烫"，个人得分直线上升，到比赛的最后阶段，观众情绪高昂，几乎全体起立，掌声响彻球场。此时的艾弗森也兴奋至极，往往在得分之后用双手向上摆动，与看台上观众的掌声形成"合奏"。那确实是一个激动人心的场面，一个篮球场为一个人而沸腾，我是第一次看到。那天，艾弗森狂砍60分，真是一个伟大的纪录。也是从那一天起，艾弗森在我心目中的位置直线上升，他已经成了我崇拜的体育明星。2005年的NBA全明星赛，艾弗森作为东部首发，砍下15分，最终帮助东部队取得胜利并成为最有价值球员。看完这次全明星赛，艾弗森更是彻彻底底地征服了我。之后我又看了几场艾弗森率76人队的比赛，每次我都对艾弗森充满了期待，为他欢呼、为他郁闷、为他惋惜。

我之所以喜欢艾弗森，大概有这样几个原因：一是他球打得好，他的技术、能力在同一时期的小个子球员中无人可比，他带球过人可以把防守球员的脚踝晃伤，他经常在一群巨人中闪转腾挪，然后把球送进篮筐，他还可以神不知鬼不觉地把球从对手的手里拿过来。第二点是他的永不服输、永远向前的精神，他只要在场上就没有懈怠的时候，哪怕浑身是伤、哪怕耗尽最后的力气。第三是他的叛逆性格，别人怎么看都无关紧要，他就是特立独行。为什么要随波逐流？为什么要掩饰自己的天性？地垄沟发型怎么了？他曾说过："在球场上我不需要尊敬任何人。也许有一天我会停下脚步休息，那一天就是生命终结的那一刻。别像个孬种似的愁眉苦脸，甭管你被打倒了多少次，拍拍身上的尘土，再笑着站起来吧，再笑着投入战斗。"我想，这就是他的性格，就是他赢得广大球迷尊重的原因。

艾弗森是球场上的英雄，可英雄也有迟暮的时候。由于他过于拼命，他的运动生涯高峰期似乎短了一些，终于有一天76人队不需要他这个英雄了，2006年12月20日他被交易至丹佛掘金。由于他的到来，很多人包括我在内都对掘金队充满了期待，人们希望他和安东尼这"两杆枪"从此肩并肩杀出一条血路，直通西部冠军，再冲刺总冠军。艾弗森仍然拼命，可大家看到的仅仅是个别场次的黄金组合，没有看到真正持久的1+1等于2或大于2的效果。于是他又被交易了，2008年11月4日艾弗森被交易至底特律活塞。在活塞队他仍然是领袖，可活塞没有取得好成绩，大家失望了。2009年9月他又加盟孟菲斯灰熊，灰熊队不再把他当成英雄，让他坐了"冷板凳"。11月25日，媒体曝出艾弗森退役的决定，随后他还发表了退役声明。

消息惊动了媒体，更打击了全世界无数的艾弗森球迷。我在青岛晚报上看到整版的艾弗森图文，大标题是"江湖从此无答案"，盘点了艾弗森从1996年以状元身份入选NBA以来的无数传奇战绩，同时也无奈地宣告他的悲情结局。看到我心中的明星在夜空中划出美丽的弧线后徐徐落下，我怅然若失，我的一个快乐的支点没有了，此后看NBA我还能找到精神寄托吗？也许能找到，也许就平平淡淡地看下去。

我在聊天时把我的难过说给儿子，儿子也觉得我很"痴情"。但我和儿子都有一种预感，似乎事情不会就这么结束，这可能是艾弗森的一个谋略。果然，一周后（北京时间2009年12月2日），艾弗森终于还是没有离开NBA，重新回到他的老东家费城76人，不过他的总裁冷冰冰地说："没有其他感情，只是因为他还能帮助球队。"

不管怎么样，他回来了，又重返赛场了，球迷们还可以继续欣赏艾弗森在场上挥洒热情。我欢呼雀跃，就像老顽童一样，多日的不快一扫而光，NBA又成了我魂牵梦绕的节目。在2010年1月30日与湖人的比赛中，艾弗森第三节爆发，全场贡献23分、4次助攻，再现了球队领袖的作用和风采。看到他每一次精彩的进球、传球，我都兴奋得不得了，几乎忘乎所以。那几天，我见了谁都想说艾弗森，亢奋得像着了魔。

迟暮的艾弗森还是球场上的英雄，英雄倒下也是山。对艾弗森我仍然有很多期待。不信，走着瞧。

2010年2月9日

我逛青岛"两会"

——萝卜元宵山会与糖球会

　　青岛市市北区的萝卜元宵山会开了很多年，可我一直没有去逛一逛，原因很简单，就是不愿意人挤人，我认为那是受罪。我很爱吃糖球，但我也只是吃过妻与儿子在糖球会上给我买回的糖球，而一直没有亲自去糖球会。今年我和妻在一天之内去了这两个会的会场，不是我愿意去人挤人了，而是想感受一下那里的气氛，看一看那里的风情。

萝卜元宵山会

　　我们首先来到的是市北区昌乐路文化街的萝卜元宵山会主会场，可能是最后一天的原因，这个主会场没有呈现出游人如织的场面。人行道两侧的摊位倒是不少，卖的东西也五花八门：有整车的潍县萝卜，有卖朝鲜族打糕的，有卖床上用品的，有卖糖瓜的，有卖芝麻饼的，有卖棉花糖的，有卖烤肉串的，有卖年画的，有卖毛主席像章的……商品林林总总，可就是没有看到任何有关萝卜的工艺制品，更没有看到一家元宵摊点。萝卜雕刻本是该会的一大看点，历来被媒体和市民所青睐，没有了当家商品还叫什么萝卜元宵山会！

不过，有的场景倒是给我留下深刻的印象，也算是弥补了一点儿缺憾。

一个中年男子坐在角落里，正在编制一个小东西，随着他灵巧双手的不停翻动，不一会儿，一只动感十足的小仙鹤就跃然手上了。男子随手把它安排在几只同样栩栩如生的蜻蜓和蝈蝈身边，这些动物的制作材料好像是竹子皮，又像塑料，颜色是嫩绿的。围观的大人无不投以新奇和钦佩的目光，小孩子更感趣味无穷。大概是两块钱一个，已经有人在买了。还有一个50多岁的大姐正在用手中的针和毛线编织小动物，引来了很多人围观。

看来，越是一些小玩意儿越是能够引起人们的兴趣。

在路中央还有两个残疾人。一个是一边爬一边推着一个讨钱的搪瓷缸子，样子凄凄惨惨；另一个腿残疾的人倒是让人顿生敬佩之感，只见他跪在地上，以路为纸，专心地用彩色粉笔书写美术字，不一会儿，展现在人们面前的是边线笔直、布局合理、工整漂亮、内涵丰富的一方艺术佳作。可以看出，他的本意是通过这种方式来乞讨，而我认为他的行为已大大超越了本意，他是在向人们展示生命的价值。如果说，当天的萝卜元宵山会哪里人气最旺，我想应是写艺术字的残疾人这里，他是当日的明星，他用自己残疾的身体塑造了精神之美。

糖球会

糖球会的会期是正月十六到正月十九，而我们去的时间是正月十四，那里已是人山人海，叫卖声一片，仿佛盛会的大幕已经拉开。我是第一次看到吹糖人的，只见一位30多岁的先生不紧不慢地用双手搓揉，然后再用嘴吹一下，再用手拉拉拽拽，一会儿，一个活灵活现的小马就出来了，再过一会长颈鹿又出来了。看样子在他的手里，什么动物都信手拈来，真是妙不可言，看得我都傻眼了。我们在人流中一边缓缓而行一边留意新鲜事，十几分钟后来到了一个专卖糖球的广场，看到了高家糖球、刘家糖球，还有老北京冰糖葫芦等。高家、刘家的摊位似乎更火，我和妻也抱着从众心理来到高家糖球摊点前买了两串糖球，接着又买了一串老北京糖葫芦。我们本来不想在现场把糖球吃掉，想回家慢慢地享用，可后来看到有那么多人都现场品尝，于是决定与他们同享口福，充分感受一下糖球盛宴的气氛。我先吃了一串"老北京"，又吃了一串"高家"，妻吃了一串"高家"。不错，口感良好，又没有伤到口腔（吃糖球最容易伤口腔）。

我们以为卖糖球的地方逛完了也就没什么好看的了，可正在我们寻找车站准备回家的时候，发现不远处几个硕大的气球在空中招摇，似乎那里还有可看之处。果然，"柳岸花明又一村"，糖球会主会场——海云庵广场上一些演职人员和群众演员正在排练开幕式的表演节目。在台上唱地方戏曲的是一位中年女演员，接着是一位男士演唱京剧唱段，一群伴舞的少女手举三角旗快速地前后左右移动。之后是一个演出阵容庞大的节目，台上有大约20位比较专业的演员边跳舞边打腰鼓，台下有近百位群众演员呼应，他们在导演的指挥下，专注而卖力地练，颇有点陕西安塞腰鼓的味道。

几个小时逛完两个会，有点累，不过还算有收获。

2010年3月12日

历史在这里延续

　　关于青岛中山路西侧劈柴院的介绍我已听说了多年，也曾去劈柴院吃过一顿简单的午饭，但总的来说，我对它的了解还仅仅停留在表面上。从去年开始，劈柴院的消息又多了起来，有关的文字、影像不时见于各种媒体，这个老院似乎又恢复了当年的热闹，再次点燃了青岛人对它的热情。此事很有意义，我们应该为此而高兴。我们的城市和社会不仅需要现代化，也同样需要传承优秀的历史文化。

　　3月6日（周六）早上，妻说，我们何不到劈柴院看看，报纸上说，那里的江宁会馆还有演出，我们可一边看演出一边品尝一下那里的风味饭菜。我说，我也有这个意思，想感受一下这个老院的文化气氛。上午11点，我和妻怀着希冀的心情来到了劈柴院临街大门口。竖在中山路一侧的红色大门和父亲驮着儿子的铜像似乎在告诉人们这里已经旧貌换新颜，不信就进去看看。果然，刚走进大门就看见以前高低不平的路面已经换成崭新平整的石板，街的两侧有造型古典的生意人铜像，店铺外观典雅古朴，一盏盏红灯笼热闹喜庆，为数不多的生意人面带笑容干着手中的活，有的在蘸糖球，有的在烤肉串，有的在卖元宵。街上的游人不多，他们或东张西望欣赏老院，或驻足在摊位前等待享受口福。

我们径直往前走，一边欣赏街景一边寻找有演出的江宁会馆，可走出了劈柴院也没有找到。于是我们"迷途知返"，随着人流，我们拐向往北的路，果然"柳暗花明"，路的东侧就是江宁路10号，大名鼎鼎的江宁会馆。

这是一个比较大的院落，四面多是古香古色的房子，院子上方是用钢梁和玻璃封闭的，散发着当代生活的气息。仔细观察，里面的讲究还真不少：东面的一排房子是面向中山路的，比较高，大概有三四层，紧挨着这排房子的是有飞檐的戏楼，戏楼正上方书有"紫金阁"三个金色大字，两侧有浮雕，正对戏楼摆放着几十张八仙桌和长条凳，是客人边吃边欣赏节目的地方；北面的房子一楼是烹饪间，在开阔的正门上方有"江宁会馆"的牌匾，牌匾两侧是一副对联，在楼梯处有一个写有"马三立说相声处"的木牌，二楼主要是吃饭的单间；西侧有茶楼、会馆订房订餐处和曲艺世家刘泰清故居；南侧的二层楼是凤凰台饭庄。院内四角分别放有烧木炭的大火盆，大火盆颇有历史感；在大门北侧有两个铜人蹲在板凳上抽烟袋，看他们的姿势确实有点累，还有煨汤的大瓷罐，不过只是摆设。

领略了老院的风光后，就已经到了吃饭的时间，我和妻登上了凤凰台饭庄二楼，找到一个靠窗的方桌落座，这里可以欣赏戏楼的演出，听说中午12点有一场曲艺演出。我们点了两个菜：一个是扬州大煮干丝，一个是蛋黄焗南瓜。还点了一瓶老酒，一杯红豆浆，两碗米饭。我注意观察了一下，靠窗的一排都是八仙桌，四个人吃饭正合适，可以边吃边看楼下的演出，大的圆桌离窗远一点，还有几个单间，在单间里吃饭就看不到楼下戏台的演出了。就在我们等待上菜的时间里，一个矮个小伙子服务员引起了我们的注意，他正在用长嘴铜壶给围坐在圆形餐桌周围的6位来自周庄的客人冲茶，小伙子在倒水前将铜壶在手上快速、潇洒地旋转一周，当客人问他有什么说法时，他说这叫"翻江倒海"。冲了几杯后，又将铜壶举在头上，来了个"皇帝拜佛"。看来是顾客好奇的目光激发了小伙子的表演欲。这茶倒得有趣，喝起来也会更有韵味，下次也要请他给我冲茶。我想，这可能就是这里的一大看点——民间绝活加上民俗文化的奇妙组合。眼前的一幕让我联想起一些古装影视作品中发生在茶楼、酒家的故事，但愿今天的我们也能成为后人的一点记忆，最好也进入他们的作品中。菜、饭、酒、豆浆都齐了，我们开始用餐。此时，楼下的曲艺节目也开场了，相声、山东快书、古琴一一登场，可惜只能看见演员的动作，而无法听清声音，看来鱼和熊掌确实不能兼得。不过，我们亲身体验了一下劈柴院，体验了江宁会馆，还是有收获的。

如今，劈柴院以它崭新的面貌和传统文化汇集了不少人气，那么历史上的劈柴院究竟有什么值得人们称道的呢？

劈柴院的主路叫"江宁路"，是德国占领青岛后于1902年修建的，它呈"人"字形，东端连着中山路，北边连着北京路，西边通河北路。关于劈柴院这名字的来历，有人说这里原先是个"劈柴市"，全是卖劈柴的，这些劈柴除了供市民烧火做饭，还供应附近大窑沟的窑炉烧制砖瓦。当然还有其他一些说法。

劈柴院由单纯的劈柴生意逐渐衍变为集小吃、休闲、演出、住宿等功能于一体的综合性商业场所，1949年前非常热闹，虽无法与上海的城隍庙、北京的天桥、南京的夫子庙相比，但也着实为青岛这个商埠增色不少。一些南来北往的小客商时常住进这里，青岛当地人也经常光顾，为的就是既可以省钱又可以充分享受一下这里的井市文化。

位于江宁路10号的江宁会馆，是劈柴院中的一个大院，院内原有一家大光明电影院及永安、共乐几家茶社。"戏法大王"王鼎臣（外号"王傻子"）在此演出过，新凤霞在"西大森"（青岛老地名，大致范围在莘县路、广州路与铁路的合围区域）演出的时候，还曾为"王傻子"帮忙表演；相声泰斗马三立、著名评书艺人葛兆洪、山东快书表演艺术家高元钧、曲艺大师刘泰清等也都曾在这里"练过摊儿"。

据称，原来的江宁会馆的主要功能是商人谈生意、老乡联络感情和接待乡人的场所。如今，修旧如旧的江宁会馆也是意在再现昔日的辉煌。

2010年3月16日

家人和小兔子

2008年元旦的前一天，儿子放假从济南回来，他用书包背回一个有两三斤重的小兔子。小兔子是雄性，雪白的身体，两只黑色的长耳朵不停地摆动，两只乌黑发亮的眼睛镶嵌在黑黑的眼圈中，从这一身"打扮"上看颇有几分国宝大熊猫的意思（因此我们称它为熊猫兔）。儿子告诉我们，他是三个月前到济南市区玩儿时看见的，当时小兔子刚出生一个半月，就一只手掌那么大，他喜欢得不得了，就花了30元钱买下了这只娇小的兔子。开始儿子把它散养在宿舍里，后来给它买了一个"小房子"（专门养小宠物的铁笼子），还有小水壶和磨牙石。小兔子在儿子的宿舍里生活得自由自在，还偶尔到别的屋串串门，享受着一群活力十足的大学生的万千宠爱。据说有一个同学把自己养的小兔子抱到儿子的宿舍，想让两个小兔在一起玩玩儿，可儿子的小兔子显得非常不友好，根本容不下别的同类来分享它的空间，不打招呼就对那只小兔子发起攻击，没有办法，那个小兔只好随主人回到自己的"一亩三分地"。小兔子很快就适应了儿子，儿子从此也多了一份心思，一有时间就要与小兔子交流，就连在电脑上作图也经常把它仰放在自己的大腿上，而小兔子竟然能安稳地睡着了。

我和妻对养动物一直持否定态度，主要原因大概有这么几点：一是会因此耽误很多大好时光，影响干其他更有意义的事情；二是养宠物会影响家里的卫生；三是可能还会影响别人的生活。可儿子突然把这个小生灵交到我们手上，说什么也没用了。我和儿子很快买回了一个大笼子、一个水壶、一块磨牙石，儿子到南山市场买了兔粮，几乎在不到一天的时间里就买完了有关小兔子生活的一切东西。兔笼子放在阳台上，算是享受一个小单间。小兔子开始了新的生活，而照顾它生活的主要是妻。

妻对兔子的照料可谓非常精心，可以说无可挑剔。她每天要给它打扫两次卫生，标准不能说不高。还像照顾小孩一样，为兔子买喜欢吃的葡萄干零食，不厌其烦地为它做"兔饭"（小兔很喜欢吃胡萝卜丝）。发现它的牙长了、指甲长了，就想办法为它剪。发现它不爱吃东西了就赶紧向宠物店"龙猫馆"的老板寻求解决办法。

小兔渐渐长大，三四个月后长到六斤左右，身上还露出几处黑点，还是那么漂亮，俨然兔王国的一个"美男子"。它能吃能喝，能蹦能跳，原地能蹦起半米多高。兔子虽然智商不高，但经过妻的调教，它似乎懂了点事，比如早上给它打扫笼子下面的托盘，妻都会与它唠叨几句，意思是赶紧小便，终于有一天它真的就按要求做了，从此几乎天天如此听话。到2009年下半年后它又有了进步，白天从笼了放出来，几乎不在阳台上便溺，大小便自动回笼子里。再后来就更懂事了，晚上放出来，整个晚上的大小解一概自觉回到笼子解决。小兔子可能天生就讲卫生，每天都要"梳洗打扮"好长时间，洗完耳朵再洗爪子。它也对照顾它的人有了感应，每当妻和儿子到它身边时，它都会特别兴奋，在笼子里就竖起两只前腿，在笼外就会围着转，而当妻和儿子用手抚摸它时，它就会闭上眼睛一动不动地享受。更奇怪的是，当它吃饭不是很好的时候，妻看着它就肯吃，不看着就不吃，真的像被宠坏的孩子一样。

2009年8月中下旬，我和妻到上海送儿子到英国留学，把兔子送到"龙猫馆"代养，没想到兔子回家后，把以前的规矩全忘了，过了一个月才恢复正常。当时我就说小兔失忆了，后来这种情况又出现过一次，我猜想兔子可能因为环境变化或受了某种影响之后，它的记忆会消失。

有一段时间，兔子的食欲明显下降，有经验的人告诉我们它是发情期到了，我和妻思来想去，不能让它繁殖，否则家里就养不下去了。为此，我曾提出把小兔放到浮山上，让它自己适应野外生活，对我们来说也是一种解脱，可妻舍不得，儿子也舍不得，小兔已经是他们生活的一部分了。而且据我观察，妻对小兔还有更深的一层感情，就是她把兔子与儿子联系起来，因为兔子是儿子所喜欢的，儿子经常不在家，她替儿子饲养，也算是一种精神寄托。

以前听儿子说，这种兔子的寿命一般是六七年，所以我们都认为我家的小兔子正值生命的黄金时间。

为了让兔子吃好，妻几次到宠物店请教并按指导意见给兔子调换兔粮，通过努力，小兔子的食欲似乎恢复了一些。

8月30日上午，妻焦急地对我说，小兔子的脖子下边长了一个大包，我走过去一摸，果然有一个乒乓球大小的硬包。妻难过，我也难过，可我不想让妻继续难过，就说把小兔子放生吧，这样我们也不至于看到它最后离开这个世界痛苦的样子。可妻坚决不同意，表示一定要好好照顾它，即便挽回不了它的生命，也能够安心。我觉得妻说得对，她想得比我更有人情味。妻还专门到宠物店咨询治疗的方法，宠物店的小伙子帮忙给几个宠物医院打电话，得到的答复都是不给兔子看病。小伙子说，宠物医院认为养兔子的家庭经济条件一般，挣不了几个钱，不愿意麻烦。他还说，这样的兔子一般就活三四年，不如宠物兔的寿命长。妻的心彻底凉了，觉得小兔子真的没救了。我得知这个信息后也觉得很无助，于是我们再没有做任何努力。

此后，小兔的行为明显与以前不一样，一是懒惰，出笼后不再撒欢；二是出了笼子就不愿意回去；三是食量继续减少。

9月4日早上，我锻炼回来之后，妻告诉我小兔子看来不行了，晚上不知道回笼子里大小便，自己的腿上、下巴上都是污物。说着，妻呜呜地哭了起来，哭得那么伤心。我看到小兔子的可怜相，看到妻子的伤心，心里也十分难过，眼泪也几乎掉了出来。小兔子已经不能吃东西喝水了，它呼吸急促，心力衰竭，眼睛无光，抬头已经十分困难，它在与死神做最后的搏斗。我和妻不忍心看着它遭罪，干脆就干点别的事情，转移一下注意力。

中午我睡觉醒来，妻告诉我，小兔子死了，就是刚才。我到阳台一看，小兔子躺在阳台的地砖上，已经僵硬了。妻说她躺在沙发上好像做梦，又好像没有做梦，她听到兔了的叫声，睁开眼睛一看，小兔子已经把笼子的门撞开，躺在地砖上蹬腿，几下就不动了。我看了一下表，估计小兔子是在14点35分断的气。可怜的小兔子，来到这个世界上没有享受几天真正的自由，可它一直都在追求自由，在生命的最后一刻也不忘记以特殊的方式、绝望的力量为自己求得解放。我以为，从这个意义上说，养宠物实际上是一件有些自私的事情。

妻又哭了起来，嘴上还在埋怨儿子：为什么要买这只小兔子，简直就是折磨人。我也掉了泪，是为小兔子，也是为妻，面对无情的死亡、面对家人的哀伤，我不能自已。我哽咽地对妻说，把小兔子埋在浮山上吧，我自己去就行了。妻开始表示同意，可接着就改变了主意，说要和我一起给小兔子送行。妻本来想为小兔擦洗一下，可无法控制自己悲痛的情绪，所以是我独自为小兔子擦洗了四只脚。

我和妻都有一个共同的愿望，就是给小兔子找一块合适的场所安葬，让它在死后也独享一片宁静。首先不能让雨水冲着，再就是要与一棵大树为伴。为此，我和妻踩着泥泞从浮山脚下一直往上爬，到了半山腰的一棵黑松树下，我们停下了脚步。我在这棵大树下开始挖坑，不一会儿就挖好了一个长方形的深坑。我先放好妻打扫干净的托盘，然后把小兔子平整地放进坑内的托盘上，用牛皮纸和两个大袋子盖在兔子身上，然后盖好土，再放上几块石头。

再见了，兔王国的"美男子"！你告别了生，告别了你看不懂的世界和看不懂的人类，或许这不是你的悲哀，而是一种解脱。

一只普通的小兔子竟然在我们的心灵深处留下如此的悲痛

和创伤，这似乎有些不可思议，但这也正好说明生命的可贵，也体现了人与自然的紧密关系。

如今的家里少了一个鲜活的生灵，阳台上静静的，我们也静静的，少了许多话，目光也尽量不在阳台徘徊。真不知道，这种情绪还要持续多久。

关于小兔子，有两件事我不能原谅自己：一是没有亲自带小兔子到医院诊治，据说如果把兔子送到宠物医院他们就不会推辞了，这说明自己对动物的生命还不够重视；二是不应该在小兔子生命的最后时刻还把它关在笼子里，"冲破牢笼"的一幕真是让人感到悲伤。

到目前，我和妻还没有把这个消息向远在英国的儿子说，也不知道什么时候说合适。那就顺其自然吧！

2010年9月7日

世博会的印记

2010年10月13日到10月16日，我实现了几年来的夙愿——到上海参观世博会。

对于参观世博会，有的人兴致索然，有的人充满了期待，我就是充满期待的那种人。我与其他期待看世博会的人有许多相同之处，譬如开开眼界、长长见识；不同的是，我想将所见所感用文字记录下来，以作为此行的纪念。

参观完世博会后，我一直在想，怎么来写世博会，写世博会的什么。我左思右想，觉得如果以世博会的恢宏气势和精巧构思为切入点，鸿篇巨制、大家手笔也可能略显苍白，更何况我呢？所以我决定从个人的视角去进行描述和记录，也算具有个人特色了。

10月14日上午，我和我的同团（旅游团）伙伴张侃随着人流、冒着小雨，通过世博园八号门的安检走进了位于浦东C片区的欧洲区。首先闯入视线的是几个热门馆，如德国馆、俄罗斯馆，这几个馆排队的人非常多，我们真被这个阵势吓住了。为了达到快速进入馆内参观的目的，我们选择人气不旺的奥地利馆，这里几乎不用排队就可顺利进馆。奥地利馆里所展示的主要是雪山，他们让参观者感受雪山、享受雪山，进而加强保护雪山的意识。要知道，世界上的雪山越来越少，人类如果不注意保护环境，我们的后代将看不到雪山。保护环境看起来十分简单，但其中蕴含的意义却十分深远。能为之思索的人有多少？能行动的人有多少？希望我们的后人能亲眼看到奥地利的高山滑雪，而不是通过悠远的历史资料来领略这份美。

从奥地利馆出来之后，我看见英国馆的设计很有特色，再说儿子在英国留学，所以我很想看看英国馆，我的想法也得到了张侃的赞同。在英国馆外，我们排了半个多小时的队，算是快速了。从外观上看，英国馆没有墙体，而是由无数个玻璃柱体组成的，以一朵蒲公英花或者说以"孔雀开屏"的形状进入人们的视野。走进它，你就会产生一种回归自然的感觉。展现在你面前的是数不清的被包在玻璃柱体中的植物种子，它们各自以独特的造型给人留下深刻的印象。此时我想，这些种子的命运会怎么样？人类在大自然中究竟发挥了什么作用？我们的后代还能与其他生命共存吗？美丽的种子究竟是在亲近我们还是在向我们发出警告……

带着满脑子的思索，我又来到了西班牙馆。西班牙馆从外观上看也别具一格，它的玻璃墙几乎被藤条编织的外衣所掩盖，据说这些深浅各异的藤条板都是在山东制作完成的，不经过任何染色，藤条用开水煮5小时可变成棕色，煮9小时接近黑色。支撑西班牙馆这个庞然大物的钢架十分巧妙，据说这种工艺十分先进，组装起来颇有难度。进入西班牙馆就像进入一个时空隧道，一会儿是奔牛节的万牛奔腾，一会儿是咆哮的海洋，一会儿是远古的化石，一会儿是加索尔在NBA赛场的王者风范，一会儿是网球大满贯得主纳达尔的激情挥拍。这些激动人心的画面，再加上巨大轰鸣的音响效果，会使你倍感震撼，仿佛身临其境。你也许会发出疑问，我这是在哪儿？还有一身黑衣装扮的少女随着音乐做着各种动作，但表现的是什么意思我看不明白。我认为西班牙馆应该在表演时说明一下表演的主题，好让观众看个明白。馆内最后一个看点是一个大块头的机器人"胖小子"，他的眼睛在不停地转动，面带笑容，似乎在与看客亲切交流。

　　瑞士馆与奥地利馆的内容有些相似，它的外观看起来非常灵动，固定在大网上的无数个"小太阳"时刻都在吸引参观者的眼球。我们没有费什么劲就进馆参观了，在与一组神采奕奕的瑞士"各界人士"打过招呼之后，我们看到高耸的阿尔卑斯山伴随着排山倒海的声音不停地分分合合，变换着形状，非常壮观。我猜想，这个动感十足的画面除了表现瑞士的自然风光，还要表现一个环境保护的主题，它告诉人们，即使是高高的雪山也会因环境的恶劣而变得不再洁白、不再壮美。雪山动画之后，展现在我们面前的是墙上长着郁郁葱葱植物的圆形建筑，它除了给参观者留出足够的空间外，主要是缆车的地盘。缆车的轨道螺旋上升，直到旋出绿色圆筒。如果缆车开动，人们还可以观看到展馆屋顶的一片"绿洲"，据说那就是瑞士馆要表现的城市到乡村的意境。遗憾的是，因为下小雨，缆车变成了"懒车"，静静地停在那里，只可供参观者拍照。据有关介绍，瑞士馆的幕帷主要由大豆纤维制成，既能发电，又能天然降解，节能又环保。参观瑞士馆时，我不由得想起余秋雨先生在散文《教皇的卫士》中的一段话："那年月瑞士实在让人羡慕。我曾用这样几句话描述：人家在制造枪炮，他们在制造手表，等到硝烟终于散去，人们定睛一看，只有瑞士设定的指针，旋走在世界的手腕上。"瑞士确实是个很有个性的国家，令人神往。

德国馆是我们当天最后参观的场馆。它的主体由四个头重脚轻、变形剧烈、连成整体的不规则几何体构成，阐释的是"和谐城市"的理念。

入口周围竖立着来自德国各州的巨幅明信片，明信片上的图片都是德国有名的建筑，非常逼真漂亮。明信片的寄语是一个叫"严思"的德国男青年写给中国姑娘"燕燕"的，用语非常亲切，就像一对恋人在交流。我在一份名片的寄语上得知，德国的科隆大教堂从开建到竣工花费600多年的时间，1880年竣工时是当时世界上最高的建筑，有157.38米。它还保持着一个纪录，是德国接纳参观人数最多的旅游景点。由此，我们不得不佩服德国人对历史文物的保护意识和坚韧不拔的毅力，真值得我们学习。

之后，我们登上电梯，穿行于一条隧道内，顿时，"火车、汽车、公共汽车"交替出现，报站声、鸟儿鸣叫声、水上荡舟的孩子们欢声笑语不绝于耳。一个用多媒体制作的美妙长廊把你带进了德国城市……

"动力之源"厅是德国馆的亮点，也是最吸引人的地方。在这个有三层观众台的展厅里，观众在真实版的德国小伙"严思"

和中国姑娘"燕燕"的游动指挥下，在磁性、悠远、温情、富有节奏感的对白中，感受一个重1吨多、直径3米、装有40万根发光二极管的金属圆球的魔力。它的图案、色彩不停地变换，一会儿是斑斑点点，一会儿是彩练当空；一会儿是古朴的房屋，一会儿是水中倒影。最叫人感到愉悦的是，金属球会听从声音的指挥，随声飘荡，哪个方向的声音大它就会飞向哪里，而那里的观众就会兴奋不已。这个把科技和娱乐融为一体的金属球确实显示了德国设计者不俗的智慧和理念。

一天参观了5个馆而且还有几个热门馆，我们的效率不能说不高，因此，我和同伴张侃都很满足。我们期待着后两天的行程，认为一定能满载而归。说句心里话，看世博会没有相当的体力不行，没有相当的耐心也不行，能坚持看一天世博会就足以说明这两点。我曾对张侃说，有了在世博会排队的经历，就没有坚持不了的排队。那天晚上，我们随团回到江苏昆山住宿，我睡得很香。

10月15日这一天，开始就不顺利，由于旅行社的原因，我们离开昆山市区的时间很晚，到上海世博园大门口时已经10点半左右了。我们进园后，乘免费大巴径直到位于A片区的日本馆排队，这时已是11点多。据维持秩序的武警战士和工作人员说，从当时排队的人数看，要进馆内参观大约需要五六个小时，这是个非常令人沮丧的消息，可没有别的选择，因为所有的热门馆都是这样。在进入第一个大棚后，我们在同一个位置上停留了一个小时，就是说一个小时没有向前动一步，这确实是对耐心的考验。好在我们是两个人结伴，可以用聊天消磨时间。本来我是准备利用排队时间看书的，专门带了一本《小说月报》，可因为第一天排队比较顺利，几乎没有看书的机会，所以第二天就干脆不带了。但事情往往与人的愿望背道而驰，偏偏就赶上了排长队。没办法，我们只能聊天，再就是什么都不说，平静地观察眼前的一切。

其实观察细节还真的很有意思。在我们身后一个50多岁背着背包的女士似乎觉得前面还挺宽松，突然发力向前越过几个人，可还没有站稳，还没来得及庆幸，就被一位60多岁的男士拽了回去，搞得那位女士无地自容，一脸尴尬。估计有了这次经历，她就不会再轻举妄动了。我还在不经意间看到，排在我们前面的一位穿着裙子接近60岁的女士不停地倒脚，倒着倒着就变成了迪斯科舞步，而且还面带笑容看着他身边的男士，她确实太累了，需要调整一下。还有一位女士干脆"搭台唱戏"，她的一曲《天路》虽然不是很专业，但在这种场合也足以让倍感疲劳的"排队人"精神为之一振。估计大家的心情与我差不多，都希望她多唱几首。可就在大家"沉醉其中"的时候，队伍开始缓缓移动，歌声停了。还有两位中年男子不知趣儿，竟然在大家为长时间等候而焦虑的时候翻越栏杆"加塞儿"，其结果可想而知，就像过街的老鼠一样。不知道这两位是灰溜溜地退出去了，还是继续厚脸皮插进了队伍。参观世博会本是出于对文明的追求和尊重，而他们却不知文明为何物，不知何为做人的尊严，真为他们感到脸红。

漫长的等待之后，我们终于进入了场馆。日本展馆的外观就像一个蚕，因为颜色是紫色，所以被称为"紫蚕岛"，至于岛是什么意思我说不准。据介绍，馆外覆盖了超轻的发电膜，并采用特殊环境技术，是一座"像生命体那样会呼吸、对环境友好的建筑"。馆内展现的依次是"过去""现在"和"未来"。"过去"没有给我留下什么印象，"现在"和"未来"倒是很吸引眼球：把污水变为饮用水的演示，节能汽车、移动的电视、奇妙的照相机和会拉小提琴的机器人，这些无不令人感受到科技的力量和未来生活的美好。最令人感动的是一个电视短片，短片介绍了中国帮助日本繁殖已在日本灭绝的朱鹮的真实故事。看到在美丽的大自然中翩翩起舞的朱鹮，我除了欣慰，还生出几点思考：这样的故事还会发生吗？在人类生存的地球上还有多少美丽的生命遭此厄运？日本馆的压轴戏是音乐剧，该剧的主题依然是拯救朱鹮的故事。在剧中，你能见到"单人坐"的汽车，轻巧、灵活，还有男女主角的精彩舞蹈，小女孩的美妙歌声和最新的影像技术。据有关资料介绍，朱鹮曾经是分布非常广泛的一个鸟种，历史上在西伯利亚、日本、朝鲜半岛、中国台湾和中国大陆东部北部的很多省份，都有朱鹮分布的记录。然而，随着人口增长、森林破坏、战争和捕猎等原因，朱鹮的数量急剧下降，几近灭绝。后来在中国陕西奇迹般地找到了7只朱鹮。1999年我国送了一对朱鹮给日本，日本将其放在佐渡岛精心饲养，繁衍生息到111只，终于让这种几乎灭绝的鸟类重归日本的蓝天。日本人把朱鹮视为神鸟，日本馆的礼仪小姐的帽子上的红色后缀就是模仿朱鹮的冠。

　　本来看完日本馆，我还可以继续看至少一个不错的馆，因为到集合的时间还有近4个小时，可不巧的是我还要与上海的韩志敏等战友见面，鱼和熊掌不可兼得，我只有放弃参观。战友见面自然是神聊胡侃、一顿痛饮，几个小时下来后我被送进一家商务酒店住下。真不争气，我烂醉如泥。

10月16日，我强忍浑身不适，早早地来到位于浦西的世博园入口。在入口处已经是人山人海，我整整排了20分钟队才进入园区。进园后没走多远就听到广播里说，中国石油馆目前排队时间为12个小时，真是惊人。此时的我有些头重脚轻、步履蹒跚，所以只好当着川流不息的参观者的面躺在供人休息的长条凳上，闭上眼睛"独享"痛苦。躺在世博园内肯定是不雅之举，我深深地感到自责。我也希望匆匆的过路人认为我是病人，病人躺下不会被别人耻笑，说不定还能引起一点同情。其实这也是我为自己的过失开脱。大约半小时后，我站起来踉跄前行，并不时观察经过的馆的排队情况，没有希望，没有希望了，我决定放弃浦西前往浦东。我来到了地铁站口，没想到站口有上千人在排队，真是无处不排队。半个小时后，我来到浦东片区，我想就近找个馆排队，可还是力不从心，我索性放弃了排队进馆的想法，在园内随心所欲地走走看看。不能进馆参观当然是遗憾，但也不是一无所获。值得一提的是，我在不经意间发现了一些美中不足，譬如供水点少，供热水点更少。一些人在世博轴最底层斜坡草地上休息和随便扔垃圾，污染了环境，也污染了视觉，与世博会所倡导的精神和努力打造的人文环境背道而驰。

接下来我还要说说我眼中的世博会建筑。没去世博会前，从媒体上展现的画面看，觉得世博会的建筑或宏伟或巧妙，夜晚的灯光更是婀娜多姿、变幻莫测。到了现场，我的视觉更是受到了强大的冲击。

中国馆看上去差不多有30层楼高，其造型像殷商大鼎，也像一个巨大的米斗，再加上它一身的中国红，就更显尊贵、华丽、庄严和气势非凡。它高耸在世博轴的南端，俯视整个园区，可谓傲视群雄、"一览众山小"。展馆建筑外观的构思主题是"东方之冠、鼎盛中华、天下粮仓、富庶百姓"，表达的是中国文化的精神与气质。我想，华夏几千年的文明、中华儿女的博大心胸和聪明才智尽可在这个建筑物中得到体现，仰望这个象征中国的巨大建筑物会顿生崇敬、自豪之情。

作为上海世博会开幕式举行场所的世博文化中心就像一个巨大飞碟停落在黄浦江东岸，当夜幕降临，它晶莹剔透、色彩绚烂，美不胜收。从占地面积看，它似乎比青岛的颐中体育场还要大出一圈，高度至少有15层楼高。它具有多种功能，可以作为剧场、艺术展馆、滑冰场或者篮球场，里面的座位可以变换，最多可有18000个座位。它的设计理念为"时空之梭"，整体充满了动感和梦幻色彩。设计者骄傲地说，它是一个永远不会落幕的舞台，一个都市的精神家园。在世博会期间，要走进这个中心是不容易的，需要提前预约，如果幸运的话，也可凭门票在现场排队得到观看演出的机会。

位于浦东B区的主题馆占地约11.5公顷，总建筑面积约12.9万平方米，建筑高度约27.7米，南北跨度180米，东西126米，这是我亲眼看到的最大的单体展馆。体积巨大的物体本身就给人以强烈的震撼，再加上造型精美，你就会感受到大美蕴含其中、彰显于外。这个主题展馆内包括城市人馆、城市生命馆和城市地球馆三个主题馆（城市足迹馆和城市未来馆在浦西的D片区和E片区），据说里面很有看头。

以上这三个永久性场馆我没能进去，所以与里面展示的物件、理念及精彩的表演都无缘，只有期待以后再"补课"了。

世博轴是世博园最大的单体建筑，长约1045米，宽约130米，地上地下各2层，总建筑面积25.2万平方米，总造价近30亿。世博轴之美主要体现在夜间，美艳多变的灯光让这个造型巧妙、气势恢宏的建筑更加不可思议，让人不免产生亦真亦幻的感觉。世博轴的夜何止让人无眠，它会将你"融化"。我相信，看了夜间的世博轴，你就不会再感叹别处的夜色、别处的灯光。

以上介绍的几处建筑均为世博会永久建筑，除此之外，还有一处永久建筑，即建筑面积排在第二位的世博中心。该中心建筑面积约14.97万平方米，东西长约350米，南北宽约140米，是2010年世博会运营指挥中心、庆典会议中心、新闻中心和论坛活动中心，世博会后它将转型成为国际一流的会议中心。相信这个世博会期间的"指挥部"，在以后的岁月里还能为世界多元文明做出非凡的贡献，成为世界各国人们向往的"东方福地"。

除了这些永久性建筑，花费14亿人民币建造的沙特馆也是一大亮点，它的外观造型非常漂亮，像"月亮船"，顾名思义，它在夜间的"容颜"更加令人陶醉和倾心。"船头"高昂，"船舷"华丽，色彩图案多变，透着点点的蓝色和橘色的星光。当你置身它的面前，就会觉得一切最美的语言都是苍白和多余的。据说，沙特馆里面所展示的东西也非常吸引人，它也是世博会期间人气最旺的外国场馆之一。没有走进沙特馆也是我们的一大遗憾。

最后介绍一下我的"世博伙伴"张侃。张侃是我儿子在青岛六中和山东工艺美术学院的下一届同学，他们两个人挺

熟，在一起打过篮球，还经常在网上交流。原来我和张侃并不
认识，是这次世博之旅让我们巧遇并结伴而行。他在来世博会
前做了不少功课，很多情况都比较了解，因此，参观事宜主要
由他来决定，我是沾了他的光。张侃的专业课很不错，在山东
工艺美术学院承接世博会山东馆设计任务后，他作为团队一员
与老师同学并肩战斗几个月，为世博会山东馆的精彩贡献了聪
明才智。从这个意义上说，我的这个参观伙伴还是世博会"工
匠"之一，要知道参与世博会工作可不是一件简单的事。

本来我以为，来参加世博会，各国应在本国的文化、历史
上多做些文章，让参观者通过欣赏一些具有代表性的展品，达
到愉悦身心、收获知识的目的；而实际上，这些展品非常少，
各国竞相展示的不是物件而是观念。这些观念主要涉及环保、
科技、发展和未来，告诉你人类应该如何生存，如何让城市更
美好，如何让人类生存的环境更美好。希望世博会所传达的理念
能够被人们所接受并用以指导自己的行为。有形的世博会终会落
幕，而无形的精神理念还将在人们未来的生活中继续发挥作用。

最近，我在《参考消息》上看到一则国外媒体有关世博会
的报道，其中有一段话说：一些观众认为，世博会的展馆建设
得都非常漂亮，非常环保，可馆内所展示的内容却很少、很简
单、很空洞，与外观太不相称，花费那么长时间排队没看到货
真价实的东西有些不值。对此，我似有同感。世博会不仅需要
华丽巧妙的设计，还可以通过符合人们欣赏习惯的方式展示足
够丰富的历史、文化、科技、环境、生活等内容，让参观者充
分享受这场精神盛宴。

2010年11月16日

感叹长白山

　　对于长白山，以前我了解得很少，只知道有天池，有东北虎，还有人参。2010年12月2日的长白山之行让我真正认识了长白山并为之感叹、震撼。

　　延吉市的同行很热情，在工作任务完成之后，他们主动提出要陪我们前往距离延吉100多千米的长白山看一看，不过他们不能肯定能否进山、能否看到天池，因为近期下了几场不小的雪，而且山上的温度很低，上山的路很可能被雪封住了，另外，天池的海拔在2000米以上，经常有云雾覆盖。即便有诸多不确定因素，我们也决定去看一看，因为我们都想早一点与天池见个面。

　　12月1日下午4点多，我们一行3人还有上海的7位同行，在赵处长的陪同下乘上了开往二道白河镇的列车，4个多小时后到达二道白河。坐落在长白山脚下的二道白河镇是一个有5万人口的小镇，几年前成立的地市级长白山保护管理委员会就设在这里。小镇的夜宁静且寒冷，道路两边茂密的原始森林分明在告诉我们，这里曾经是人迹罕至的茫茫林海。

12月2日早8点，我们前往长白山景区，大约40分钟到达山门。山门里开阔的广场都是被踩硬的雪，耀眼而平滑，远处是渐渐走高的林海雪原，让人顿生"北国风光，千里冰封，万里雪飘"的壮美之感。

乘上景区的中巴，我们一路爬高，梯次展现在我们眼前的有白桦树、美人松、落叶松、红松、岳桦树，当然还有很多认不出的树在我眼前晃过。大片的白桦树最养眼，树干白中带黑且分布均匀，有人说黑的地方就像一只只眼睛，它们都在注视着我们这些远方的客人。美人松有点像雪松，它在冰天雪地里还是以它一贯的绿色展现给大家，不得不说这真是它的一种高贵品格；落叶松、红松之类的树虽然已经没有绿叶，但其枝干却更挺拔高耸；岳桦树不高不矮，其貌不扬，但它生长在海拔比较高的地方，它的生命力更顽强，是对"高处不胜寒"的一种挑战，据说这种树木质坚硬，故又名"铁树"。

我们看到的所有树林都是天然的，其中有大片的原始森林，有的高耸入云，有的茂密得连人都难以通过，这实在是令人非常兴奋和满足。青山绿树是生命之源，它养育、守护着无数生命，孕育了无限的希望。据说，在20世纪前期东北遭受日本帝国主义铁蹄践踏之后，这里的林木资源被疯狂地掠夺，再加上我们自己在相当长的时间里对生态的破坏，长白山脉一些低海拔地区的天然林已经绝迹。幸亏长白山地大物博，有较强的自我修复能力；幸亏有一天我们自己知道了保护。如今，长白山保护管理委员会规定，划出的保护区内一草一木都不能动。但愿我们这一代能够守护好这片圣洁美丽的土地。

积雪越来越多，路越来越难行，中巴的使命也已经完成。在半山腰上，我们换乘越野车，向更高的海拔进发。真要感谢天公，在进山时我们还不知道最后一段通往天池的路能否通行，如果不通，我们就不可能登上山顶，不可能看到天池。越野车在积雪的路面上、在"白毛风"中攀爬，不时发出急转弯侧滑的吱吱声。此时我们除了感到惊险，更多的是为驾车师傅的车技而感叹，他们完全称得上"艺高人胆大"。

渐渐地，山上没有了树，除了雪，裸露之处更多的是干黄的草地和岩石，没有生机。难道这就是我们想要看的美景吗？我疑虑顿生。车终于在一座平房旁边停下，这是越野车能到达的最高处，与眼前的山峰的直线距离有500多米。

隆冬季节的东北，2500多米的海拔，寒冷、大风一起向我们袭来，尽管准备充分，但还是有一点措手不及。我们开始了徒步攀登，先走过一段相对平坦的沙石路段，然后在陡峭的雪路上顶着暴风，深一脚浅一脚地向上挪动。我既要留神脚下，又要注意掌控被暴风冲击的身体，还要不时擦拭流泪的眼睛，可谓步履艰难。这确实是一段比较难走的路，如果不小心就会滑倒或被暴风吹倒，然后就会沿着雪坡像滚雪球似的滚下去。其实滚下去也没有太大的危险，因为山坡上没有突起的石头，都是厚厚的积雪。不过要是滚下去会有失体面，再就是会耽误时间，拖累别人。在经过大约半小时的艰难跋涉后，我们一行终于登上了海拔2670米的天文峰。此时往下看，耀眼的雪、灰蒙蒙的山头和枯黄的草尽收眼底，一种征服的感觉油然而生。然而我还没有意识到，我究竟身在何处。我的目光不停地搜索，突然，在我的视线里出现了一个冰面，有一部分已被积雪覆盖，往上看像一个不规则的碗，内壁上布满了银白。这不就是那个我神往了很久的天池吗？对！就是那个镶嵌在海拔2000多米高山上的一片蔚蓝、一片碧玉。很难露出芳容的天池在寒冷的冬天与我相见，我看见了雍容华贵却素妆淡抹的"冰美人"，这可能是冥冥之中的一种约定，也是我的福分。我享受着、记录着这难得的一刻，尽管我因险峻而战战兢兢，因寒风而哆哆嗦嗦。

天池由火山喷发而形成，有人说最近一次喷发是在100多年前，也有人说是300多年前。长白山天池是我国最高的火山湖，它的水面海拔高度为2150米，湖水面积9.2平方千米，平均水深204米，最深处373米。天池的水一是来自降雨降雪，二是地下泉水（应是主要的水源）。当地的人说天池在9月时最美，因为那时会降雪，天池的周围是白的，而池水还没有结冰，呈

深蓝色。我认为冬天的天池也很美，是冷酷之美、阳刚之美。其实天池的最美处并不是它的外在，而是它深邃的内涵。天池的水隐蔽、不张扬地输送到池外，再以飞流直下的气势注入碧潭，然后再马不停蹄地流向远方，流向图们江、鸭绿江、松花江（天池是这三江之源），滋润着黑土地，养育着沿江百姓，造福于关东人民。从这个意义上说，天池的水是生命之水、是圣水。天池不仅神秘美丽，更是以为人类造福的形象赢得了世人的尊重和爱护。

站在寒风凛冽的高山之上，俯视着欲掩琵琶半遮面的天池，回想着关于天池的美丽传说，我想我的东北之行已无遗憾。

告别天池，我和我的一个同事没有像其他人一样原路下山，而是学着红军过雪山时的样子，坐下来（或仰卧）向下滑，一直滑到不能滑为止。虽不比当年革命前辈的壮怀激烈，但在下滑时也充分体验了与雪共舞的狂放，而且还节约了体力、赢得了时间，真是一件一举多得的美事。

我滑下来后定睛一看，这里有一块绑在一条横木上的木质牌匾，其上刻有邓小平同志1983年题写的"天池"两个大字和对长白山天池的简单介绍。据当地的朋友说，那一年邓小平登上长白山顶峰，看到了天池。以79岁的高龄登上长白山顶，足以说明他强健的体魄和热爱大自然的情怀。

长白山不但有神奇的天池，还有瀑布和温泉。

我们先后看到两处瀑布。一处是由几个瀑布组成的瀑布群，瀑布群中的小瀑布已经结成冰挂，如同一幅出自大师之手的富于立体感的艺术品，几条浅蓝色的飞瀑有节奏地搅动着寂静而寒冷的山谷。另一处也是瀑布群，不过比较分散，其中一条比较宽大，是从成片的白雪中走出来，显示了它坚忍顽强的性格，可惜距离瀑布大约100米处设有警示标志，我们不能近距离亲近它；还有两条不大的瀑布安静地挂在山前，目视着山窝里阵阵寒风卷起的漫天飞雪和在风雪中挥洒情怀的游客。

长白山的温泉因为与火山结伴，所以更显炽热，它能够煮熟鸡蛋和玉米，不但可以给游客带来新奇的体验，还能提供能量，这确实也是一件很值得体验的美事。最令人陶醉的是在山上泡温泉，可以选择在室内泡，也可以在室外泡。室内的几池水温度不同，可以选择。如果要泡室外的温泉，就要从室内走到室外，在寒冷的室外走上几步，那才叫"美丽冻人"，不过当你进入水中就会立即感到无比温暖，就会为自己赤裸着跑到室外泡温泉而得意。泡温泉不是什么奢侈的事情，可在冬天里的长白山上泡室外温泉就不是那么容易的了。在室外温泉，你可以尽情体会温暖与寒冷的巨大反差，可以仰望湛蓝的天、飘忽的白云，还可以欣赏周围的雪山和在雪中傲然挺立的丛林，你可以展开想象的翅膀，在幸福的王国里翱翔翻飞，直到完全沉醉。

在享受温泉的温暖之后，我们又来到了由书画大师范曾题写馆名的长白山自然博物馆。馆内分几个展区，分别展示了长白山上包括兽、禽、树木、药材等名目繁多的动植物。长白山果然名不虚传，确实是一个天然的宝库，是动物王国、植物王国。据介绍，展出的所有动物都是实物标本，所有的植物都是由一位科学家亲自采集制作的，非常真实。这里最有名气的算是"东北三宝"人参、貂皮、鹿茸，还有东北虎了。不过最富于神秘色彩的莫过于天池中的水怪，关于水怪，馆中有大段的文字和图片介绍，似乎这已经不只是一个美丽的传说了。

到这里，我不妨对长白山长进行一个简单的介绍：长白山是全国十大名山之一，是国家5A级风景区，因主峰多白色浮石与积雪而得名。长白山素有"神山""圣水""奇林""仙果"的美称，长白山的冬天又被称为"冰的世界""雪的王国"。据说，长白山被朝鲜族称为神山，经常有朝鲜族群众到这里朝圣祭拜。长白山不但有丰富的资源宝藏，还在悠悠岁月中形成了无数壮丽和神奇的景观，值得深入挖掘。

一天的览胜结束了，我恋恋不舍地走了，而内心却生出了几分惆怅……

在我们用晚餐之前，天气开始转为雨夹雪，随着温度的降低，雨悄然离去，屋外的灯光前尽是雪花飞舞，地上已是一片银白。待到我们走出饭店，积雪已有六七厘米厚，而雪仍在飘，踩上去感觉又软又滑。我们的车子缓缓前行，行进在长白山脚下的茫茫雪夜中，静谧而深邃。长白山的夜竟与我们如此相约，用如此的方式把我们送入在这里的最后一个梦乡，真好。

雪后的早晨，天然成片的美人松用绿叶托举着一团团白雪，白中透着绿，绿中透着白，骄傲而妩媚。林中的灌木都被包上厚厚的冰雪，在美人松脚下编制着美丽的图案。几辆汽车碾压着厚厚的积雪，发出嘎嘎的声音，打破了宁静。我和同事魏长生被这北国风光所感染，情不自禁地深入林中小道，享受着这浑然天成的美景，收获了一份难得的禅心。

早晨8点多，我们一行离开了二道白河镇，乘上了开往延吉市的列车。车上，当地的同行对我们说，在你们来的前几天，由于积雪，长白山景区的车只能开到山腰，昨夜又下了一场

雪，今天肯定还是无法看到天池，你们真有福，也是你们与神
山、天池有缘分，让你们赶上了"良辰吉日"。我说，那还要
感谢你们，也许是你们的一片热情融化了冰雪，我们是托你们
的福。

2010年12月19日

龙井拾零

　　这里的龙井不是人们最为熟悉的杭州龙井茶叶，而是吉林省延边朝鲜族自治州下属的县级市龙井市。

　　2010年12月1日，我们一行在延吉市区享用了正宗的韩国料理后驱车前往龙井市，当地的同行安排我们利用乘火车前往长白山之前大约两个小时的时间，看一看龙井市的几处建筑和景点。对于龙井市，我的脑海里没有一丝印象，根本不知道在中国还有个县级市叫龙井，因此，我对龙井的一切都感到新鲜。龙井市的同行是当地的"土著"，对龙井的历史比较熟悉，他也算是客串一把导游吧。

　　"间岛日本总领事馆"展示馆。我们一行在当地同行的引领下，首先来到了当年日本的"朝鲜统监府间岛临时派出所"遗址，即后来所谓的"间岛日本总领事馆"、现在的龙井市政府办公楼。早在1907年，日本人就以保护朝鲜人为名（实则从事间谍活动），在龙井设立了所谓的"朝鲜统监府间岛临时派出所"。1909年9月4日，清政府与日本签订了《图们江中韩界务

条款》，规定延吉地方的朝鲜人归中国地方管理。1934年12月
1日，"伪间岛省公署"成立，"公署"驻地就在当时的延吉县
城（即现在的龙井市），日本人随即在这里设立了"领事馆"，
该"领事馆"于1945年8月18日苏联红军进驻延吉后，与伪军
政机构一起土崩瓦解。这座建筑的地下一层是当年日本人的审
讯室，里面摆着各种刑具及后来发掘出的日本人使用的长枪、
短枪、军刀、匕首等。在门口处还有一个口径不足一平方米的
水牢。据介绍，把水牢设在门口是要给刚被带进审讯室的人一
个下马威，以逼其就范。据这里的管理人员介绍，当年在这个
审讯室里被残酷折磨的中国抗日志士数以百计，日本强盗在这
里犯下了滔天罪行。现在这个遗址被列为龙井市爱国主义教育
基地，希望所有来这里参观的中国人触景生情、勿忘国耻、发
愤图强、锐意进取，为国家的强大和民族的振兴贡献自己的一
分力量。

龙井地名起源之井泉。在展示馆的南面有"龙井地名起
源之井泉"的景点，包括石碑、石雕、水井和亭子。据说这里
曾发生过一个美丽的故事：在海兰江畔的一个小山村，有一个
美丽的朝鲜族姑娘，一天她发现几个顽童抓住了一条鱼，姑娘
起了恻隐之心，从孩子手里买下了这条鱼放生到河里。此后
每当姑娘来到河边洗衣服，这条鱼都会出现在她眼前，欢快地
游来游去。姑娘放心不下这条鱼的安全，于是就把它抓住放到
一眼水井中。也就是当天晚上，姑娘到井台打水，看见井台边
站着一个英俊潇洒的小伙子正在看着她。原来她救下的小鱼是
东海龙王的三太子，因为犯错被贬到凡世。三太子用爱情回报
姑娘，姑娘也一见钟情，两人迅速坠入情网，可他们的恋情遭
到了来自双方家庭的反对。无奈之下，这位三太子在姑娘再次

到井台打水时，从水井中腾空而起，带走了姑娘。至于他们到何处恩爱、安家，人们不得而知。后来，为了纪念这位姑娘和三太子，当地人就把这眼水井称为"龙井"，再后来又把龙井确定为地名，并在井边石碑底座上雕刻了朝鲜族少女取水和飞龙的图案。为了衬托这眼有灵性的水井，更是为昔日的"金童玉女"建设一个宽敞的"家"，前些年这里扩建了有树、有石、有草坪的公园。

龙井的骄傲。据介绍，龙井被视为清朝的发祥地，因此它又是一个王朝崛起的摇篮。龙井是延边文化教育的摇篮和中国朝鲜族文化发源地，早在20世纪三四十年代，就有为数不少的热衷于教育事业的人士在此开办学校，仅中学就有恩真中学、明信女子中学、东兴中学、光明中学、大成中学和光明女子中学，大成中学至今还保存完好。优越的教育环境培育了无数英才，也为很多仁人志士从事民族解放斗争提供了有力的支持。由此我们可以说，龙井人杰地灵，不可小觑。

感慨龙井。龙井与朝鲜隔江相望，边境线140多千米，有两个口岸；龙井是中国苹果梨的出产地之一，我没有吃过苹果梨，听说很好吃；龙井又是梅花鹿的繁衍基地，梅花鹿浑身是宝；龙井有传统的饮食文化，需要大力传承和发扬，或许有一天在中国南方城市的某个角落就可以吃到美味的龙井米肠。真希望龙井快速发展，在现代化建设上创造奇迹，编织更美丽的故事。

2010年12月20日

这一场雪啊

2009年12月27日，我曾写过一篇《清晨我在雪中》的小文，那是因为那个冬天雪来得很晚，是人们在对雪几乎绝望时迎来的一场雪，当时我兴奋至极，还在雪中打了一场太极拳。时至今日我还常常为我的那一篇小文章陶醉和得意。

没想到的是，刚刚过去的这个冬天没有真正下过雪，只稀稀落落飘过几次雪花，连地面都没有盖过就草草收场。更为严重的是，早在入冬之前的很长一段时间，雨水就开始对包括青岛在内的大片北方地区"不闻不问"，连续100多天没有有效降水，造成了60年一遇、有气象记录以来最严重的干旱，有的麦苗已经干得用手一捻就成为粉末，有的灌木已经变成干树枝，有的水井、河流已经干涸，有的村民生活用水要到山里找，有的牲畜已经快喝不上水……面对如此严重的旱情，政府及广大人民群众开展了各种抗旱行动，他们打深水井、引水灌溉、节水灌溉、送水下乡，一场抗旱战役在多个省份打响了。

此时，我的心情还真有点复杂。

对于干旱，我们并不陌生，可如此程度的干旱确实令人担忧。万一这种旱情再继续下去，不但我们的日常生活要受到严重的影响，还会导致粮食大幅度减产，威胁粮食安全，进而影响社会稳定，这是大家都不愿意看到的。

我在盼望雨雪光顾的同时，也常常思考这样的问题：当今世界之所以极端天气频频出现，究其原因，恐怕跟我们人类自己的行为不无关系。人类不尊重自然、破坏自然、伤害自然，同时也正在为自己的错误行为付出高昂的代价。也许有人会说，我们可以到另外的星球上生活，这当然是一个不错的选择，可这又谈何容易。

我还认为，任何人都不应该把自己置身于局外，不要把抗旱救灾看作政府或广大农民兄弟的事情，而应该为抗旱做点什么，为渡过难关贡献一点力量，譬如在家里、在单位都要节约用水。

一个冬天盼不来一场雪，春天还会下雪吗？我和大家一样，已经不敢有多少期待了，随它吧。

2月28日，看过新闻联播后，我照例到软件园内健步行，走到第二圈时发现有稀疏的雪花在飞，又过了几分钟，风裹挟着细碎的雪花，掠过灯光向我扑来，它们不管我是否接受就附在我的身上直至融化。此时，谁还会拒绝那轻盈婀娜而又惠及万物生灵的雪呢？此时的我为久旱逢瑞雪而高兴，也担心这雪快速地离开。为了体验此次降雪过程，也是表达一种对雪的情怀，我继续伴着风雪行走，在快乐中行走。如果老天懂我，它会让雪一直飘落，我愿意一直走下去。转念一想，当我一觉醒来看到满世界一片银白，不也是一种莫大的享受和满足吗？说不定我的心胸还盛不下漫天的欢喜。我就是这样欢喜着、思考着、期待着、纠结着走完了第四圈，在风雪中回了家。

回到家里我依然密切关注着雪，我一边不停地隔窗向外张望或把手伸到窗外试探，一边向妻儿大声地报告着雪情，想以此唤起他们对雪的关注。我看到灯光下的雪花轻盈翻腾，地面很快就被雪覆盖，看到车辆小心翼翼地行驶在雪地上，我的心开始踏实，这真是一场好雪啊！

带着一片洁白和美好的希冀，我进入了梦乡。

清晨，我又准时走出家门，踩着厚厚的白雪，呼吸着久违的清新空气，感受着盛典一样的欢愉。

往日灰蒙蒙的辛家庄北山经过一夜的"精心打扮"，已经白到极致、美得妖娆，甚至让人不忍心惊动它、打扰它。可能正是人们这种"怜香惜玉"的想法，当天上山晨练的人少得出奇。相比之下，我可能就是那种"不解风情"的人，偏偏要在雪中显示一下自己健身的意志和与大自然亲近的情怀。我来到往日一片热闹的场地，独自在雪地里走来走去，估计着雪的厚度，猜测着降雪量和对缓解旱情的作用。当然，我也不会忘记纵情欣赏眼前苍茫而起伏的"雪山"和托举着一团团"棉絮"的雪松。同时我也想起东北老家漫长的冰雪天，想起去年冬天长白山之行和那一份难忘的雪情。雪，这个大自然的尤物确实有咏不尽的诗意，难怪古今很多文人都留下了有关于雪的千古名句，譬如杜甫的"窗含西岭千秋雪"、柳宗元的"独钓寒江雪"、毛泽东的"雪压冬云白絮飞"，有静有动，情真意切。

就在我胡思乱想的时候，教拳的老师和几位练拳的人陆续来到山上，总共七八个人。这些人中有一位年近八旬的老人，在大多数人放弃上山锻炼的时候她依然踏雪来了，真叫人钦佩。我们随着音乐开始了二十四式太极拳的练习，之后是四十式、四十二式和四十八式太极拳。白雪之上我们一招一式打得稳稳当当，天地之间我们与大自然共同呼吸，在很多人还在被窝里睡回笼觉的时候，我们收获了大自然赐予的快乐。

这是个难得的早晨、奢侈的早晨，我永远不会忘记。

这一场雪啊！

2011年3月27日

站在浮山之上

最近听说青岛市政府修建了浮山的上山路径，我总想去看看，可一直没有合适的时间。这几天在外面执勤，干一天休一天，于是我决定利用休息时间登一次浮山。2011年11月9日下午4点多，我开始登久违了的浮山。我拾级而上，边上边看，主要看脚下的石阶。说实话，这路修的缺点不少：一是每个台阶的高度以及部分台阶的宽度不合适，不符合一般人的生理特点，走起来很别扭；二是有的石板表面没有处理，太光滑了，一旦有霜有雪就会特别滑，容易伤人。不过在山上干这样的活不容易，工人们付出了很多汗水，还得感谢他们。

30分钟后我决定停下脚步观景，这里除了东边有山阻挡视线外，西、南、北三个方向都可以看得很远。南面的景致最为养眼，不远处是青岛大学校园，校园中最显眼的是运动场和红顶楼房，校园外是最近几年刚盖起的一座座高楼，再远处是大海和海中的绿色岛屿。对了，一个岛屿上还有一座又高又白的灯塔傲然屹立，它在浩瀚的大海中默默地履行着自己的职责。

往西看，新老城区已经浑然一体，鳞次栉比的建筑已经完完全全地占据了我的视线，只有太平山、大尧东山、辛家庄北山还能以绿色告知人们，它们还没有被钢筋水泥淹没，建在太平山上的广播电视塔也早已不是往日的一枝独秀。

往北看，浮山后新城区的兴起让人吃惊，中间一片多层建筑是20世纪末开发的，这里延续了"红瓦绿树"的风格，而此后建的住宅多为高楼，越建越高。一只鹰出现在我的视野里，好像在盯着山坳里的猎物，蓦地它向西飞了大约100米，然后小幅度地扇动着翅膀停在空中侦察，10秒钟左右它迅速俯冲到我看不见的山坳里去了。

再看脚下的浮山，枯黄的蒿草和灰蒙蒙的槐树，分明在宣告冬日的来临，而深绿的松树仍能使人感受到顽强的生命力，黄得耀眼的银杏树无疑给浮山增添了秋的色彩。真是好一派秋意绵绵（今日是立冬的第二天，但从气温上讲还没有进入冬天）。

我还看到了茫茫的烟尘。烟尘笼罩了城市，抵消了城市的一部分美丽，也让我不得不产生忧虑——什么时候我们的社会能够解决好发展与环境保护的矛盾？真盼望着我们头上的天空每天都是蓝的，那时空中的鹰也许会侦察到更远处的猎物吧。

我看到城市在迅速扩大，浮山由原来的"城外山"变为"城中山"。扩城有其必要性，但是要尽量减少占用耕地，避免无限地开发土地。

我们这座城市有很多美丽的风景：迤逦悠长的海岸线，富有文化内涵且巍峨奇峻的崂山，具有"万国建筑博览会"之称的八大关，气势磅礴的胶州湾跨海大桥……我们应该为之骄傲。然而，目光所及之处不全是美景，我们不能因为成绩而淡化不足。距离人们期待的生活环境，我们的城市还有很长的路要走。

希望再过50年或更长时间，我们的后代再登上浮山时，心情不会像我一样复杂。

此时的天空，一片火烧云渐渐出现，美丽而耀眼，正如宋代词人李清照《永遇乐·落日熔金》开篇所描绘的那样，"落日熔金，暮云合璧"。

2011年11月13日

绝唱与感慨

按照单位要求，近期我在网上观看了电视系列片《人民的好儿女》，其中的每一个人物、每一个事迹都足以令人心灵震颤，都足以感动中华大地，也让今日之中国多了一些纯洁、多了一些崇高、多了一些骄傲。

《照亮大山的火把》是我印象比较深刻的一段，它介绍的是重庆市巫溪县田坝镇中鹿小学教师赵世术的感人事迹。赵世术，一个1977年从师范毕业的乡村小学教师，为了不让家长每天耽误时间送接孩子过河，也为了孩子过河的安全，主动承担了每天接送学生过河上学和回家的任务，5年时间，每天3个小时，风雨无阻，直到吊桥建好。因为长年被冰冷的河水浸泡，不到30岁他就患上风湿性关节炎，从拄着拐杖到校上课，到后来每天由妻子背着到校上课。手指不听使唤，他就让学生用绳子将手指与粉笔捆住写板书。他用自己的身体点燃了"大山的火把"，明亮了一双双希望的眼睛。

赵世术是高尚的。他本没有每天背孩子蹚过冰冷河水的义务，可他主动替这些孩子的家长承担了这个义务，而且一背就是5年，直到自己的双腿再也无法承受。因为有了他日复一日、年复一年的接送，孩子们过河安全了，家长们省力了、放心了，还可以多干一些农活，多一点收入。

他在无法正常行走后完全可以申请病退或按上级的安排调到中心小学从事较清闲的工作，可他选择了继续教学，选择了一条常人无法理解的艰难之路。展现在我们面前的是妻子背着他，13年风风雨雨的画面，是两眼闪动着渴望、求知之光的小女孩为他把粉笔绑在指头上的画面。

赵世术不是大谈人生理想的人，但他却把自己的命运与学生的命运紧紧绑在一起，把自己与山区的教育紧紧绑在一起，就像他的粉笔和指头。在他看来，他生命的全部就是自己所从事的教育事业，三尺讲台就是他的人生寄托。

赵世术用自己几十年艰难而又默默无闻的人生成就了伟大的事业，用一个病弱之躯在大山深处撑起一片希望的天，用一颗执着而坚强的心铸就了人生的高地，他为这个社会上演了生命的绝唱。

我深深地为赵世术所感动，他的事迹对我的心灵是一次净化和升华。

看了赵世术的事迹之后，我在感动之余还有一些思索。

最近中央电视台连续报道了央视记者走进四川大凉山采访的情况，那些"失依"儿童住的、吃的、穿的都令人不忍心看，他们要种地，要照顾亲人，还要上学，他们承受了一个孩子难以承受的艰辛。经过报道，这些孩子的生活状态可能会有所改善，这是令人欣慰的。而那些不为人所知的仍然过着艰难困苦生活的群体、个体还有多少？他们的苦日子还要持续多久？

　　我们的社会需要赵世术这种精神，但谁也不希望再看到赵世术式的困境与艰难，因为我们已经改革开放30多年，我们的社会有能力解决赵世术所面临的问题。不让磨难在追求公平正义、文明进步的社会上加深，不让困苦在任何群体中延续，这应该是所有人的追求。

2012年2月19日

这方水土

2011年12月24日上午，我与张少荣大哥、老战友林化友一起，来到了2014年世界园艺博览会（以下简称"世园会"）会址，提前感受即将展现的美丽和辉煌。不过对我来说，印象最深的还是这里的自然环境和原来的居民留下的印记。

莲花池

我看见一些外延不规则的和形状方方正正的水池，化友兄说是莲花池。在北方寒冷的冬天，有这样一些与水有关的且是我根本不了解的农业设施，我感到很新奇。这些富有情调的水池似乎一下子消减了不少冬日的苍凉。尽管看不到莲花，但只要想到莲花的美丽，就足以让人陶醉。莲花让我想起坐在莲花之上的观音菩萨，想起《西游记》中脚踩祥云、帮助师徒四人渡过难关的观音菩萨。莲花还让我想到西安华清池唐玄宗李隆基沐浴的地方——"莲花汤"，从这个角度说，莲花还有几分皇家气质。

山和湖

山往往与水为伴，山因水秀，水因山娇，有山有水才是风水宝地。这里的山是由多个山头连接而成的，大体呈圈椅形状。山上的树木品种繁多，有槐树、松树，还有迁走的村民在山坡上栽种多年的各种果树。因为是冬季，能留住绿色的只有松树，所以此时的山并不美，干枯苍凉是主调。山路可谓一言难尽，拉土的载重车把山间小路搅得天昏地暗、灰头土脸，我有点无法下脚，直往路边的草丛中躲。没有车辆打扰和人通行的小路倍显荒芜，不过倒有几分曲径通幽、静谧安详之感。

看完了山，这里还有3片相距不远的湖水。首先进入我们视线的是面积大约有10000平方米的一片湖水，湖水晶莹透明，湖边的蒿草虽没有春天的生机、没有夏日的茂盛，却也不乏疾风劲草的气势。最让人兴奋的是湖里的几组水鸭子，它们一会儿悠闲地游走，一会儿贴在水面滑行，一会儿扎在水中觅食，它们在水中尽情地表演，享受着大自然的恩赐。远处有几个人在垂钓，不知他们的收获如何，或许钓的是一种情趣。在北方冬天的山野中，能够近距离看到这种画面实在难得，要不是时间紧张，我真想多待一会儿。走过一段急转弯路，在一个气派的山庄南面，有一个几千平方米的湖，与刚才经过的湖不同的是，这里的湖水已经"冻僵"了，没有一点"表情"，这个"冷面孔"刚好与整齐古板的石头堤岸相配。环湖的风景倒是不错，有一小片翠竹，翠竹的叶子随风摆动，撩拨游人。还有一大片茂盛的松树，正在顽强地与冬日的寒冷抗衡，给萧瑟的冬日增添一丝生机。远处还有一片湖，我们没有走近它，只是远远地看它几眼。《论语》说："仁者乐山，智者乐水。"我不是圣人所说的仁者，也不是智者，可我依然爱山乐水。

樱桃沟

园区中，一块儿大石头上刻着"樱桃沟"几个苍劲的大字。往远处看是几十米宽、几百米长的一条大沟，沟里是耕种过但现在已经荒芜了的土地，还有废弃的窝棚。最明显的是分布在沟底和沟坡上疏密不均的樱桃树，它们散漫而灰暗，丝毫看不出开花时的喧嚣和枝头挂满樱桃时的热闹，也许它们正在担心未来的命运。是啊，陪伴呵护它们成长的主人已经离去，新的主人会怎样对待它们呢？他们是否还会有吸引游人赏花摘果的机会。真为这一沟的樱桃树忧虑，为这山乡野趣忧虑。但愿世园会能够保留这些曾经给当地居民和游人带来快乐的樱桃树。

水井

村民都搬走了，民房也没有了，可这里还有村落的遗迹，最有代表性的就是水井。我看到的两眼水井都是静静地守在路边，井口用一块粗制的木板盖着，掀开木板，井幽深而宁静，水呈黛色，颇有几分沧桑的历史感。井台没有了辘轳，只是在井口周围有平整的水泥平台。关于这两眼井的历史我无从知晓，但我却生出无限想象：月上柳梢头，一对青年男女相约来这里取水，取水只是一个"合法"的理由，约会才是真正的目的。他们在月色下互相注视着，交流着心声，畅想着未来美好的日子；又或者在春意盎然的一天，几位姑娘、少妇齐聚井台旁洗衣服,尽情地谈天说地、家长里短;井台边还可能有一个贫穷但有志气的少年的身影,后来他经过艰苦奋斗成为一个闻名遐迩的智者。这井水不知养育了多少代人,这水井不知目睹了多少世事沧桑,它无言,但内涵深邃。井在将来的规划建设中是否能保住我不得而知,也许它的使命已经完结了。

一方水土养育一方人,如今这一方人已经到别处寻求新的生活,这一方水土是否也会有些伤感?

这真是一方让人难忘的水土。

2012年2月26日

今天，我面对余秋雨

　　2012年7月24日早上，妻乐呵呵地告诉我，余秋雨要来青岛做题为《黄河文明与蓝色文明的碰撞与融合》的演讲。听到这个消息我像打了兴奋剂，赶紧抢过当日《青岛晚报》查看，在第十版印有余秋雨先生头像的广告，内容大意是：余秋雨先生应商周刊社、中国（青岛）国际海洋节组委会邀请，来青岛做主旨演讲，听演讲的门票是800元。演讲很好，就是门票贵了一点。尽管这样我还是想听，因为余秋雨的书是我的最爱，近七八年来我读了有十七八本之多，他的书给我了知识，给了我莫大的享受，给了我更加宽广的胸襟，给了我从来没有过的渴望和自信，他是我最崇拜的当代作家、文化大师。经过各种努力，我终于拿到了演讲的票，这让我欣喜若狂、骄傲万分，甚至想告诉我身边所有的人——我能听余秋雨讲课了！

　　除了要用心听好这次课，我还想利用这次机会接触一下余先生，请他在书上签名，儿子还在电话中建议我带上相机找机会与余先生合影。应该说我为这次演讲做了比较充分的准备。

8月4日中午12点半，我从家里出发。因为身体有些不适，加之想早一点与"余秋雨迷"们聊一聊，寻找一下接触余秋雨的机会，我选择了打车赶往离家不远的奥帆中心大剧场。不到1点，我检票进入剧场，此时我希望与人交流，更希望自己身边的通道是余先生进剧场的通道，这样我就可以近距离看到心中的偶像了，甚至还能拍上一张照片或说上一句话。

下午1点半，演讲的时间到了，可剧场还在陆续进人，座位上也只有大约一半人。这也再次证明了一些人的时间观念是多么的淡薄，他们是多么的不尊重别人。时针指到2点，余秋雨先生进场、落座，剧场掌声一片⋯⋯

余先生从世界三大文明和"智慧轴心"开讲，然后又介绍了4200年来中华文明与海洋的关系，第三部分讲述了当今中国人的几个问题，最后是回答听众提出的问题。

关于几大文明，余先生是这样说的（根据录音整理）：

世界上最古老的文明是巴比伦文明，也称两河文明，两河是指幼发拉底河、底格里斯河，都在现在的伊拉克境内。不要看现在的伊拉克情况很糟糕，它可是在人类文明进程中起了领头作用的。遗憾的是这古老的文明没有延续下来，现在连一点痕迹都很难找到。之后的文明是埃及文明，埃及文明仍与一条大河有关，就是尼罗河，可它也和巴比伦文明一样，没有传下来。（余先生在《想念秦始皇》一文中称，欧洲人做了两件不可饶恕的坏事：第一件事是公元前47年，恺撒攻占埃及时，将亚历山大城图书馆的70万卷图书付之一炬，包括那部有名的《埃及史》；第二件事是，公元390年，罗马皇帝禁遗教，驱散了唯一能读懂古代文字的埃及祭司阶层。）希腊文明也很重要，但它仅仅是以上两种文明在海上的交汇和组合，还没有资格与之并列。排在第三位的是印度文明，印度文明也与两条大河有关，一条是印度河，主要流经现在的巴基斯坦境内；一条是恒河。但印度文明也没有真正传下来。中华文明在时间上排到第四，它也与两条大河有关，几千年来，它充分享受了奔流不息的长江、黄河的培育和滋补，加之有特殊的人文环境，从而使之代代相传，成为令我们骄傲的至今仍然鲜活的世界最古老的文明。中华文明不灭的原因是它有强大的生命力，而强大的生命力正是中华文明的优势所在。中国的文明史到现在有5000年，而中华文明真正进入成熟期是在夏朝开始，即从公元前21世纪开始，到现在正好4200年。成熟文明的标志有三个，一是创造文字，二是有金属冶炼技术，就是青铜器，三是城邑化集居。夏朝之前的800年算是"热身阶段"，这一阶段有几个最重要的人物，即炎帝、皇帝、蚩尤、尧、舜、禹。

余先生对于"智慧轴心"是这样理解的：

在人类文明的进程中，公元前5世纪左右诞生了一批世界上最聪明的人，譬如老子、孔子、墨子、孟子、苏格拉底、柏拉图、亚里士多德、释迦牟尼、阿基米德，后来的所谓聪明人都不能与他们相比，只能做他们的学生。有学者认为，那一时期是人类的"智慧轴心"。也有人曾探究为什么那一段时间会是"智慧轴心"，其实有些事情的原因说不清楚，那就不要去追问，只要承认有这个事实存在就足够了。

关于中华文明和大海的关系，余先生是这样说的：

长期以来，我们在地理上离大海很近，而在心理上离大海又很远；我们既依赖它生活，又没有弄清楚与它的关系。因此，中华文化与海洋文化有着悠长的恩怨史，也是千年的悲壮史。

秦始皇对大海比较感兴趣，他骑着马、坐着车多次到海边瞭望大海，他觉得大海的那一边应该有另外的世界。大海究竟是什么？大海在哪一点上阻碍了我？在哪一点能帮助我？他不知道，所以他派徐福出去。秦始皇的目光终究没有停留在海洋上，而是转向了北方，他感到北方游牧民族是他最大的敌人，所以修长城。修长城的意义在于要用一个"篱笆"隔断游牧民族的侵扰，用长城固守农耕文明。秦始皇在位时间不长，三种文明在他眼前强有力地组成复杂生命，要抵拒游牧文明，守卫农耕文明，向往海洋文明。

到了汉代，汉武帝在位50多年都在打仗，他继承了秦始皇保卫农耕文明、打击匈奴的传统。代代修长城、代代战争，海洋渐渐被遗忘，尽管海边的人靠海谋生，如打鱼、晒盐。就在农耕文明与游牧文明打仗的时候，发生了一个奇迹，一部分匈奴逃到欧洲，繁衍几代后与当地野蛮势力一起把罗马帝国灭掉了。

在中华文明史上我们不能忽视一个重要的时期，就是北魏。北魏的统治者是处于游牧状态的鲜卑族拓跋氏，这个家族与匈奴余部联合，战胜了其他部落，建立了王朝。之后又攻城略地、南扩疆土。北魏皇帝拓跋宏非常注重文化层面的统一和发展，他提出，我们虽是军事上的胜利者，但在文化上却是儒家文化的学生。他下令不准讲鲜卑话，全部讲汉话，不准穿鲜卑服装，全部穿汉服，所有的鲜卑上层社会都必须与汉人通婚。他的这种做法使汉文化更加强大了。

诸子百家很好，但他们都是文人、书生，缺乏天苍苍野茫茫的浩荡之气，没有马背上的雄风，靠哪一家都不可能建立一个伟大的朝代。马背上的民族做到了，他们不但融入了汉文明，而且还拜佛教为老师，吸纳了随佛教传入中国的印度文明、巴比伦文明、波斯文明、希腊文明，出现了历史的大气象。大同的云冈石窟就是最好的体现，我在那里写的一块碑文，最后一句是"中国由此走向大唐"。不拒绝固有文明以外的文明，包括海洋文明，这才是统治者应有的气度，也是社会进步的标志。

几个有鲜卑族血统与汉族血统的人把唐朝建立起来了，唐太宗有二分之一鲜卑人血统，唐高宗有四分之三鲜卑人血统，他们建立和统治的是一个由汉文明和长城之外文明结合起来的伟大的唐朝。当时的唐朝很厉害，长安城当时人口有100万，有3万多留学生，70多个外交使团，吃的是阿拉伯面食，用的是罗马医术，流行的是波斯服装，可以通用波斯银币，世界上所有的宗教都有道场。

唐朝也有海洋梦。当时在东北，就是现在的黑龙江和吉林的部分地区有一个藩属国，即渤海国，它在牡丹江一带建都，在日本海搞一些贸易活动，建立了当时东北亚非常重要的文明，后来在唐朝灭亡后8年被契丹人所灭。唐朝还同意广州口岸开放，用来进口海外器皿。但总的来说，唐朝太依赖陆地上的丝绸之路，没有过多地依赖海洋，海洋文明不够发达。

宋朝开始重视海上丝绸之路，因为陆地的丝绸之路老在打仗。航海技术在宋朝得到很大的发展提高，海洋贸易非常活跃，商船频频出海，目的地远至东南亚、西亚等地。经济的繁荣带来了文化的大发展，为中华文化留下很多宝贵财富，世博会中国馆中最有影响力的就是宋代的清明上河图，这是顶级的文化遗产。

在冷兵器时代，农耕文明打不过游牧文明，何况成吉思汗还有一套成功的战法。这也不能太谴责宋朝，成吉思汗横扫欧亚，谁都打不过，为什么宋朝一定要打得过。过去我们对宋朝评价太低，因为宋朝老是挨打。但是，我们一点也不要为宋朝感到沮丧，就全民生态而言，宋朝很精彩，比唐朝还精彩。皇家阴谋搞来搞去与文化无关。以前，我们评价一个朝代往往以朝廷兴衰史为中心，忽略了全民生态史，现在我们应该换一种评价，就是重点看全民生态。

元朝，过去我们的历史书都是否定它的，其实元朝很了不起。元朝靠马队建立起一个伟大的国家，新疆、云南、贵州、西藏都是在这时纳入中国版图并固定下来的。元朝没有到100年就灭亡了，是一个短命的朝代。让我们记住这样一件事：让很多欧洲人，如哥伦布、麦哲伦激动万分的是哪个朝代的中国，当然是马可波罗描写的元朝的中国。元朝最值得肯定的是海洋事业做得很好，远行的人对海洋文明不拒绝。

麻烦的是明朝，海洋文明的悲剧从明朝开始了。明朝海禁非常严，统治者想到的是耕地，不重视商业，也不重视海洋，对海洋有一种莫名其妙的抗拒。

1540年，有一个安徽人叫汪直，他在宁波外海两个小岛上开辟自由贸易区，葡萄牙等国的商船到此进行交易，后被朝廷荡平，他逃到了日本。在日本，汪直凭借自己的聪明才智很快发展起来，拥有九州西海岸岛屿36个。他给大明朝廷写信，说日本九州岛西岸36个岛的岛主是我，如果任命我为贸易小官，朝廷即可把这36个岛划归中国版图。朝廷回答，你如果在岛上把海盗解决了可以奖励你，但官不能做。汪直看朝廷没有诚意，做不了顺民，那就干脆归顺日本，并经常袭扰大明东部沿海，从而使明朝抗倭形势愈加严峻。再后来汪直被明朝骗回来杀害了。汪直临刑前还不忘呼吁朝廷：开放海禁，开始贸易。

周庄的沈万三替朝廷承担了南京城墙三分之一的建筑费用，而当沈万三提出犒赏三军时，朱元璋大怒，决定发配沈万三，这其中的缘由之一是朱元璋认为沈万三搞海上贸易，犯了大罪。

明朝郑和下西洋的真正意义不是进行商贸活动，而是炫耀大明的国力、国威，是对海洋文明的抗争。历史学家吴晗说过：如果明朝稍稍有点海洋意识，可能会出现一个南海帝国。

正因为明朝统治者关闭海洋大门的态度以及整天地瞎折腾，使商变成寇，使本属于我们的海洋被外族武装和瓜分。

当时，在中国台湾的郑家反对清朝。清朝禁海，距海岸线30~50里以内的人都迁进内地，让郑家船只到海边得不到补给，导致整个海洋被西方霸占，一切贸易停止。中华文明4200年前进入成熟文明的门槛，19世纪就快要灭亡了，原因不是自然灾难或长城外的游牧民族，而是来自海洋。北洋水师成立时要奏国歌，我们没有，演奏了一首欧洲的乡村音乐《妈妈呀你好糊涂》，这是在北洋水师任教的欧洲教官带来的乐队演奏的。当时在场的中国人可能会想，这个王朝你好糊涂。

多少不该死的人死了，多少不该败坏的事业败坏了，扩大化打击倭寇，中华文明差一点就灭亡在海洋上。八国联军就是从海上来的，他们占领了中国的首都，中国的皇帝逃跑了，中国已经是半灭亡了。4亿5000万两白银相当于中国当时的人口，现在一些欧洲有良知的学者也不讳言，这个数字加在最富裕的国家上也将万劫不复。我要告诉我的曾祖父一辈，我们的民族没有万劫不复。

明清禁海遭受惩罚，承受了历史的失与得。西方列强欺负我们，但也给我们带来了海洋文明和海洋文明背后的西方文化。

齐文化不怕海洋文化，而鲁文化怕海洋文化。不要战争、不要海洋、不要远行，这是鲁文化非常温和的要求。齐文化不是这样，他的诉求被压抑很久，如果条件允许，齐文明还能做出很多漂亮的事情。

没想到，由于我们漠视海洋，整体上受到上天惩罚的时候，西方文明又在青岛把齐文化被压抑多年的力量释放了，青岛成了把中国传统文明和西方文明结合在一起的一个非常美丽的管道。历史就是这样进步的，我们受到文化阴暗面惩罚的时候，同时可以得到这种惩罚的正面效果。青岛给我们展示了两个不同视角：一个是我们传统文化，也就是脚下开放的大地，一个是开放的西方文化。两种视角所展示的都是我们教育的背景和人文教育的资源。这两种背景资源体现在青岛人身上，就会对中国的海洋文化有更多的认识、更好的理解，因为我们属于现代。

我们中华文明继承者的内心都要拥有大海，这比地图还重要。

余先生在讲座中还谈到中华文化也有一些问题：

一是缺乏对公共空间的了解，不懂得公共空间的规则和语言方式，所以经常做出一些有悖公共秩序的行为，比如在公共场所大声喧哗、不注意公共卫生，大一点的譬如我们的渔民经常跑到别的国家的海域去打鱼，后果当然很严重。二是不重视科学实证，对事物的判断、取舍，往往以喜欢或不喜欢为标准，感情用事、意气用事。三是复古情绪浓重，过去存在这个问题，现在仍然存在这个问题，打开电视机，不管是电视剧还是讲座，古代的人和事总是扑面而来，这确实有些过分。辉煌不应该成为复古的理由。

在回答听众问题时，余秋雨这样说：

关于名人故乡的争夺，这当然有争夺者的理由，但确实没有太大意义，我们的眼光何不放得宽一些，只要是中国人，只要在我们这块土地上留下过辉煌，就值得我们骄傲。我们知道，李白出生在现在的吉尔吉斯斯坦，那么我们会失去李白吗？当然不会。故乡在哪里并不重要，重要的是他做了什么。我们每个人都是流浪者，何为故乡，故乡就是你的祖先最后的流浪地。

中国的汉字很美妙、很精彩，每个汉字都值得我们喜爱，森森然的汉字是我们整个中华民族的骄傲。

文化人应该走出书斋，在行走中触摸人类文明，有很多文化现场需要你们亲临；文化人应该行走在社会发展的前列，做社会发展的先行者。

为了听好课，为了近距离看到余先生，也为了得到签名，为了我多年的崇敬之情，我从22排挪到7排的空位上，后来发现第一排有两个姑娘提前撤离，我又快步弓腰冲到第一排。坐到第一排距离余先生也就几米远，余先生的目光可能扫到我，因此我沉浸在莫大的幸福中。

虽然合影的愿望没有实现，有些缺憾，可正是因为这种缺憾和周折，才愈显这次演讲的价值，我将永远铭记这次经历。

2012年8月18日

南京一日

　　1986年5月我曾与妻到南京一游,当时我们刚结婚不久,南京是新婚旅游的第一站。那个夏日的南京给我留下了很深的印象:宏伟的南京长江大桥让我震撼,气势不凡的中山陵和深藏太平天国故事的总统府建筑群仿佛把我带入风云变幻、波谲云诡的年月,高耸的古城墙、遮天蔽日的法国梧桐树让我感受到南京的伟岸和王气。26年后(2012年12月18日~19日)我再一次来到南京,再一次游览了总统府、中山陵,第一次与明孝陵谋面。当然,与战友见面更使我对此次南京之行感到欣慰。

总统府

　　1986年我看到的总统府只开放了太平天国办公的一些场所,导游讲解的都是洪秀全、杨秀清的事情。为什么开放的区域那么少,具体原因我说不清楚,但有一点可以判断,就是当时的思想还没有像今天这样开放,顾忌还很多。而现在的总统府开放了孙中山作为临时大总统时的办公生活区以及蒋介石当时的办公场所，处于全部对游客开放的状态。

对于太平天国，我认为后人应记住的不仅是那些英豪如何起事、起义队伍如何发展壮大，更重要的是要明白他们是如何走向失败的，给后世留下什么样的教训和警示。

孙中山虽然没有在总统府工作、居住多长时间，但他作为伟大的革命先行者留下的印迹足以令我们这些后来人驻足、感叹、珍视、仰望，他简朴的生活也从一个侧面印证了他的伟大人格。

挂有蒋介石身着戎装的彩色大照片的办公室面积并不大，办公桌是斜对窗和房门的，据说这样摆设可以让他的目光最大限度地顾及可能出现安全隐患的地方，减少被攻击的可能性，这也符合蒋介石的性格。李宗仁的办公室斜对着蒋介石的办公室，面积明显要小一些，据说，李宗仁从未在此办公。

听讲解、看景观，让我知道当年这里是多么气派、神秘和暗流涌动。如今物是人非，连我们这些普通人也可惬意地漫步其中，历史有时就是这样不可思议，可谁又能说这不是历史的必然呢。两个小时，我从一个小小的视角瞭望了几段重要的历史，尽管是蜻蜓点水，也让我获益匪浅。

由于第一次到总统府参观时没有看到一些影视作品中常见的总统府门楼，所以20多年来我一直有一种错觉，以为这里的总统府只是孙中山出任临时大总统时的总统府，而蒋介石的总统府在别处。其实，南京没有第二个总统府。导游姑娘介绍说，当年解放军攻占总统府的时间是晚上，我们看到的解放军登上门楼拔掉青天白日旗插上八一军旗的场面，是解放南京第二天专门补拍的。

陵墓

冬季的中山陵没有几个游人，其重要部分也没有对外开放。在中山陵，我与南京的一位年轻同行一起拾级而上又原路返回，算是在运动和交谈中完成了对一代伟人陵墓的拜谒。中山陵的气势仍让人感慨，不过可供参观的内容实在少得可怜。

明孝陵的核心部分在人们看不到的山下，我们只是在导游的讲解中体会这座帝王陵园的建造理念。我对被朱元璋安排给其陵园"看门"的孙权倒是很感兴趣，很想看看他的陵墓，可这次仍没有如愿。辛弃疾在《南乡子·登京口北固亭有怀》中这样赞美孙权："年少万兜鍪，坐断东南战未休。天下英雄谁敌手？曹刘。生子当如孙仲谋。"

同学

鲁明是我在海军航空学校的同班同学，也是患难朋友，大概有十六七年没见了。12月18日下午，我乘上高铁不久就想与他联系，可遗憾的是，由于换手机，我把他的手机号给弄没了，还是我的一个北京同学杜树强帮我找到了他的电话号码。到南京后，晚上十点半，鲁明来到我住的金盾招待所。老同学见面格外亲切，互相有说不完的话、打听不完的事。从他的介绍中，我知道现在的他已不是我原来知道的情况，他的事业干得很不错，是学院的领导。他的成功与他的勤奋努力分不开，与他为人谦虚低调分不开，他是用成绩和人品证明了自己的能力。第二天中午，我们又在一起享用了南京的美食，更是一起享受了欢乐和友情。我的另一位在南京的同学夏敏也很优秀，本应有不错的作为，可因身体抱恙，连正常的会面都难以做到，真是世事难料啊，真为他难过。

冬季的玄武湖

此次南京之行我们没有游玄武湖，不过在南京高铁站的候车大厅就可以清楚地看到冬季的玄武湖。玄武湖的水面很宽，周边和岛上有绿树掩映。湖面上有一条缓缓移动的游船，供游人们观光游玩。不一会儿，一只三角风筝冉冉升起，直到很高很高，然后停在空中，就像一只悬在空中俯视地面猎物并随时准备出击的老鹰。与风筝几乎同时出现的还有一条小船，它慢慢驶离湖心岛，放风筝的人可能就在小船上。一眨眼的工夫，一只快艇泛着白色浪花迎面而来，右转后再右转，瞬间就逃离了我的视线。此时湖面上只剩下那条慢慢移动的游船，冷清而宁静。夏天的玄武湖肯定不是这个样子，它定是游人如织，为火热的南京更添一分热闹。此时，湖边的高架桥和高铁车站倒是车流滚滚、人声鼎沸，尽显忙碌与喧嚣。无意中发现在候车大厅里有一张玄武湖的宣传画，画面当然是玄武湖的美景，上面的文字介绍说，玄武湖古时曾是操练水军和水军受阅的地方。

对于南京的景物，我最向往的是夜间的秦淮河，晚唐诗人杜牧在《泊秦淮》诗中有"烟笼寒水月笼沙，夜泊秦淮近酒家"的诗句，现代文人朱自清也有美文《桨声灯影里的秦淮河》，他们从不同视角描绘了秦淮河的夜、秦淮河的曼妙、秦淮河的诗意，令人向往令人醉。非常遗憾，据当地的朋友说，这个季节的秦淮河非常冷清，不值得一看，所以我们没有前往。

2013年1月2日

美妙扬州

对于扬州，以前我只有一点肤浅的了解，诸如唐代之广陵、曾是仅次于长安的大都市、"烟花三月下扬州"、"扬州八怪"、瘦西湖、个园等，这些零散的认识并不能构成一个整体的印象。2012年12月21日我终于踏上了扬州的土地，感受了它的娇媚、它的深厚底蕴和它的魅力。

扬州博物馆

扬州的同行介绍说，认识扬州应该先看看扬州的"双博"，也就是扬州博物馆和中国雕版印刷博物馆，听从他们的安排，我们的第一站选择了"双博"（两个博物馆连在一起，是一个建筑）。跟随讲解员，我们走进了历史上的扬州：我们看到了"镇馆之宝"——景德镇瓷窑烧制的价值4亿元的元霁蓝釉白龙纹梅瓶；粗略了解了春秋末期吴王夫差凿通长江与淮河，西汉吴王刘濞统治时期吴国（诸侯国，国都广陵）的国富民安以及隋炀帝开凿大运河和在广陵被宇文化及诛杀的历史；近距离感受了文学大师曹雪芹的祖父曹寅主持江宁织造时，奉旨刻《全唐诗》的文学盛事；触摸了体现扬州人生活状态的"扬州三把刀"（修脚刀、理发刀、菜刀）；理解了扬州在解决经济发展和古城保护矛盾方面的抉择。在中国雕版印刷博物馆，我们看到了雕版印刷工艺操作表演，大师精心刻字、徒弟细心贴字印刷。真为有这样的博物馆而感到自豪，为能保留这份非物质文化遗产而高兴。

夜间古运河

晚饭后，扬州同行小高开车带我们参观古运河夜景，不看不知道，一看真是不得了。不过先别急，还是让我们想象一下古代的运河码头：夜晚，这里有数不清的商船停靠，有从画舫中飞出的琴声歌声，也有煮酒行令的吆喝声和商贩不停的叫卖声，当然也少不了商人们买卖成交后的快乐，还会有衣不蔽体的老年乞丐的声声哀求。再看眼前的古运河：梦幻的灯光泼洒在苍茫湿润的夜空，顺着河流打造出的美妙绝伦的"长廊"，走进去，你会融化，会忘乎所以；游人打着五颜六色的雨伞，欣赏着眼前的美景，用相机记录下这难得的运河之夜。

是的，在烟雨朦胧中，在夜色的笼罩中，在多彩的灯光下，脚踩中华文明的故道，我的心和目光与美丽相溶，已经难解难分、浑然一体。运河如此盛装打扮与我相约，真令我吃惊，足够回味一生。

缠绵的瘦西湖

我近几年刚知道瘦西湖很美，但其美在何处不得而知，今游瘦西湖方知一二。瘦西湖本名"保障湖"，是自隋唐以来由人工开凿的水道。其改称瘦西湖，是因为乾隆年间诗人汪沆将扬州保障湖与杭州西湖做了一番比较，写了一首咏保障湖的诗："垂杨不断接残芜，雁齿虹桥俨画图。也是销金一锅子，故应唤作瘦西湖。"

我们从瘦西湖南门进入，跟随导游在雾蒙蒙的天气中开始赏景。在这种天气情况下欣赏瘦西湖，也正好迎合了很多文人墨客经常感怀的场景。

我们一边听导游富有诗意和节奏感的讲解，一边欣赏美景，轻轻地触摸，深深地体会。左边是新版《红楼梦》拍摄林黛玉葬花的桃树林，桃树虽没有了绿叶娇花，可一想起黛玉婀娜的身姿、满腹心事的面容和渴望美好生活的追求，我不免有几分感叹。右边湖中一对野鸭子迅速游到我们身边，呱呱地向我们要吃的，我们没有准备，这一对"情侣"败兴而归，估计它们会埋怨我们这些游人不懂得关爱动物，不解风情吧。

不知不觉中，我们来到徐园，徐园是为了纪念民国初年第二军军长徐宝山而建的。眼前是钓鱼台，这是一个被一段长堤平推至湖面的非常小巧的亭子，传说乾隆皇帝下江南时曾在此钓鱼。为了讨皇帝的欢心和赏赐，当地官商想出一个办法，雇佣水性好的人带着金龙鱼潜到皇帝垂钓的地方，当鱼钩下到水中后就在钩上挂上一条鱼。乾隆得到如此战果，果然龙颜大悦，层层嘉奖。钓鱼台通过镂空，把俊秀的五亭桥和高耸的白塔纳入其中，据说这就是古代园林设计者的"借景"。不管你处于何种角度，只要你在此观赏，五亭桥都会以它独特的美吸引你的目光，让你不得不匆忙应付一下眼前的景色奔它而去。

五亭桥，古称"莲花桥"，著名桥梁专家茅以升说："中国最古老的桥是赵州桥，最壮美的桥是卢沟桥，最具有艺术美的桥是五亭桥。"据说五亭桥是清代扬州两淮盐运使为了迎接乾隆南巡，特雇请能工巧匠设计建造的。桥的造型秀丽，再加上黄瓦红柱、白色栏杆，更显富丽堂皇。我们没有走进白塔，关于白塔导游是这样介绍的：瘦西湖的白塔和北海的白塔是非常相似的，这里面有一段故事：乾隆在一次游览瘦西湖时，船到五亭桥畔，尽观四周，然后对随行的官员说："这里多像京城北海的琼岛春荫啊，只可惜差一座白塔。"随行的人中有

很多当时富甲天下的大盐商，听皇上如此一说，为了讨皇上欢心，不惜万金，连夜用盐堆砌了一座高塔。次日，乾隆打开窗一看，白塔从天而降，非常高兴，同时也深感扬州盐商"富甲天下"名不虚传。乾隆离开以后，两淮"盐业总商"江春出资，仿北京北海白塔建造了扬州白塔。踩着前人的足迹，尽赏一路风情之后，我们来到了瘦西湖名气最大的二十四桥景点。二十四桥来源于晚唐大诗人杜牧的诗《寄扬州韩绰判官》，诗云："青山隐隐水迢迢，秋尽江南草未凋。二十四桥明月夜，玉人何处教吹箫？"何为杜牧诗中的二十四桥？导游说就是指眼前的那座像官帽造型的桥，因为它有24根柱子、24米长，这是最通常也是最能让人产生直感的说法。而宋代大科学家沈

括说二十四桥实际是指散落在扬州各处的24座桥。至于哪种说法对，我们无从判断，那就先背对官帽造型的那座桥拍照留念吧。两个小时匆匆过去，对于瘦西湖的全貌以及其深厚的内涵，我们仅知一二，但时间不等人，那就带着遗憾、带着眷恋告别吧！

不凡的大明寺

大明寺是集佛教寺院与园林风光于一体的旅游胜地，它始建于南朝宋孝武帝刘骏在位期间，其年号为大明，故称"大明寺"。

据说一代宗师鉴真曾于此处讲授经文。出生于广陵江阳（今江苏扬州）的鉴真，俗姓淳于，据说是战国时齐国辩士淳于髡的后裔。鉴真小时候就很聪明，喜欢钻研各方面的知识，对于建筑、雕塑和医药都有很大的兴趣。鉴真14岁时，就在大云寺（后改名去兴寺）出家，成为智满禅师的徒弟，后在长安、洛阳两地学习佛学，7年后回到故乡，主持龙兴寺、大明寺。由于鉴真大师道德高尚、知识渊博，故而闻名遐迩，有着崇高的威望。为了兴隆佛教，弘法东洋，他接受日本僧人的邀请，不顾千辛万苦、置生死于度外，在经历5次失败后终于抵达日本。鉴真大师是一位伟大的使者、伟大的传教者，更是一位英雄，他是大明寺的骄傲，是中国的骄傲，值得我们永远敬仰和怀念。

由赵朴初先生在20世纪60年代初期向中央提议建造的鉴真纪念堂是大明寺的重要组成部分，纪念堂设有佛学院。佛学院除按时讲授佛学经典外，当地文化部门还经常在此开展文化讲座活动，当代著名学者余秋雨、易中天都曾到这里讲学。如今的鉴真纪念堂已是扬州重要的文化活动场所，承载了弘扬佛学和中华文化的重任。看到后人如此重视文化教育和传承，鉴真大师一定会很欣慰吧。

寺内还有欧阳文忠公祠，祠内设神龛，龛壁供欧阳修石刻像。石刻像刀工精妙，人物容颜慈祥宁静，远看是白胡须，近看却是黑胡须。此像不仅黑白有变，而且从任何角度看，石像双目均与观者亲和对视，栩栩如生，世称神品。

个园情思

个园与北京的颐和园、承德避暑山庄、苏州的拙政园并称为"中国四大名园"，它是清嘉庆年间两淮大盐商黄至筠的宅第。黄氏酷爱青竹，认为其有君子之风，所以园中多植竹，因竹叶形似"个"字，因而名个园。也有人说他是为了免俗，故把"竹"字拆开，称为个园。

个园既是家，也是园。个园里最突出的特点之一是竹子多，有的高大茂密、遮天蔽日，有的稀疏广布、造景生趣，走在个园就是在竹中穿行、品味竹韵、吸纳竹香。园中的石头也有讲头，造园人采取分峰叠石的手法，运用不同的石头，表现出春夏秋冬四季景色，号称"四季假山"。竹园的石头部分采自太湖，太湖石以瘦、透、漏、秀闻名于世；有的采自黄山，黄山石造型独特。这些石头有的"形单影只"守着一块"阵地"，有的高高在上傲视整个院落，有的藏在洞穴中静静地等待游人亲近。

个园的房屋给人印象最深的是小姐的闺房，闺房设在二楼，没有前门，只有后门直通假山。据说家里没有客人的时候，小姐才能走出房门到后花园散心踱步、嬉戏游玩，因为花园正对着家里的会客房。看到如此美好之园林，也让我想起王实甫、汤显祖、曹雪芹这些艺术大师和他们笔下的崔莺莺、杜丽娘、林黛玉等艺术形象。

廉政公园

21日、22日早上，我两次走进位于扬州文昌西路和维扬路交会处西南角的廉政广场。广场北侧自西向东依次是扬州海关、扬州市检察院和扬州市委市政府办公楼，广场内有"板桥石"，石上刻有郑板桥像和郑板桥诗（衙斋卧听萧萧竹，疑是民间疾苦声。些小吾曹州县吏，一叶一枝总关情）；有纪念清朝江苏巡抚张伯行的清风亭，张伯行以"一丝一粒，我之民节；一厘一毫，民之脂膏"为座右铭，因此在民间颇有口碑；还有放大了的在扬州出土的战国、西汉、唐代的铜镜，铜镜分别刻有"正衣冠""知兴替""明得失"的字样。从广场的名称可以判断建设此广场的目的，可它是否起到了作用我不得而知，但作为一个休闲观景之处，还是可圈可点的。

休闲的城市

扬州是一个休闲的城市，所谓休闲可理解为生活闲适惬意。著名的扬州"三把刀"即修脚刀、剪发刀、菜刀正是扬州人生活方式的一个注脚，淮扬菜更是扬州人在饮食领域的独创，而"白天皮包水、晚上水包皮"更是体现了当地人的情趣爱好。我没办法一一感受扬州人的休闲方式，不过离开扬州的那天早上吃的"皮包水"（薄皮灌汤包）倒是给我留下极深的印象：小心翼翼地拿起一个大大的包子，一手提捏住包子皮，一手插进吸管，然后慢慢吸掉包馅里的汤汁，再慢慢吃掉，味道真的不错。

　　美妙扬州，我还会再来。

2013年1月12日

泰山一面

住在山东已有30多年，但一直没有去泰山一游，这不免让人感到深深的遗憾。不过这种遗憾现在少了，因为2013年12月4日到5日，我同妻与泰山有了一面之缘，尽管这还远不能满足我对泰山的向往。

好险啊

12月5日下午1点半，我们在泰山脚下的天外村乘上开往中天门的巴士，一路上几乎都是陡坡和急转弯，惊险一个接一个，坐在最后一排的我们左右摇摆、前张后仰，坐在我身边的一位姑娘因为没有和大家挤在一起，更是大幅度摆动，险些被抛出座位。这山路修得真不容易，这车开得也确实不一般，真要感谢那些修路人，感谢技术娴熟的司机师傅。一接触泰山，它似乎就给了我们一个下马威，像是在告诉我们，五岳之尊的风貌可不是随便领略的。

山路虽险，可比起索道还是差了一点。我和妻在经历了20多分钟盘山路之后到达中天门，之后又乘上索道。据我了解，这索道在20世纪80年代就建好了。索道之险首先是因为距地面高，我估算了一下，最高处在200米以上；其次是因为风很大，以至于我们两人所乘的缆车左右不停摇摆而且幅度很大。几百米高空，摇摆不定的小缆车顺着一条钢丝缓缓地向前滑行，弱小的生命在空中颤抖。毫不夸张地说，坐在这样的缆车上，不由得生出置生死于度外的感觉。惊恐之余，我还想到在这样的高山之上建索道的代价真是太大了，人的想象力和创造力确实无穷无尽。

摩崖石刻

泰山的摩崖石刻数不胜数，有古代的、近代的、当代的；有帝王的、官员的、文人墨客的；有的字漂亮，有的一般。总之，泰山石刻品种繁多、俯仰皆是。石刻中以秦始皇及秦二世所立的《泰山刻石》、经石峪《金刚经》摩崖石刻、唐代岱顶大观峰崖壁上立于唐玄宗开元十四年的由唐玄宗御书的《纪泰山铭》摩崖石刻最为有名，前两个石刻我此行未曾与它们谋面，唐玄宗的御笔倒是明晃晃地在高处俯视我，可惜我看不清几个字，估计看清了也不一定能弄清其中的含义。"五岳独尊""孔子小天下处""擎天捧日"等石刻给我留下了很深的印象，看来让人印象深刻的不一定是大块文章、更多的文字，反而寥寥几字，字字珠玑，让人难以忘怀。

除了经典之作，还有最近刚刚"出炉"的涂鸦作品，如"某某到此一游，二〇一三年十一月"，够新鲜的了。在当前对不文明旅游行为大量曝光的情况下，还有如此"胆魄"，如果不是无知那就是道德败坏。他们在丑化自己的同时，更是对美丽大自然的亵渎。

日出真美

本来我们对泰山看日出没有很大的期盼，可上山前打听了一下，方知看日出乃游泰山之"必修课"，一是泰山日出很美，二是从体力和时间上考虑也非常适合安排此项目。好吧，那就在泰山之上、苍穹之下，与天与云共享一夜的宁静吧。不过，那一夜的上半夜却并不宁静，风吹着号子铆足了劲地刮，寒气借着风势直刺骨髓，好歹我们有一个还算不错的标准间住，还有电视看。到了后半夜三点多，风停了，没有了云雾，温度也回升了，这是一个好兆头，似乎在告诉我们，太阳将与我们相约在高山之上。因为睡得太早，凌晨五点多我们就起床准备。此时在室外往远处看，东方已经呈现出一条上金黄下橘红的透明的长长的彩带，大气恢宏、华丽隆重，这是太阳为自己的出场打造的一个隆重的仪式和铺垫，仅这景色就足以令人惊叹。往山下看，星星点点的灯光装点着泰安城的拂晓，无疑，此刻的城市静谧安然，它在以这种特有的方式配合着、等待着东方的绚烂和日光的喷薄，仰视着五岳之首的容颜。不过，最令人心动的时刻还不是此时。黑暗中已有三三两两的游人不知从何处向看日出的最佳地点集中，那是一个向东突出的小山峰，想必是泰山最早迎接太阳的地方。顺着人流，我们也小心翼翼地登上小山峰，并且占据了一个不错的位置。这是一个险要的小山头，如果人多极容易发生安全事故，不过还好，我们这一拨也就20人左右。在大家的期待中，突然，一个红红的球冒了出来，它渐渐升起，由羞涩掩面到坦诚相见，此时大家都兴奋无比，纷纷拍下这难得的景色。有人用手托举太阳，有人用手指顶太阳，有人用手臂拥抱太阳，有人用嘴吹太阳……此时的太阳就像人们的"掌上之物"，任由把玩。我和妻也发挥想象，留下太阳刚出场时我们的"靓照"，留下那一刻的兴奋和激动。看泰山日出的感觉真美好，我们与泰山、与太阳相约，后会有期。

遗憾

激动之余，我也有一些遗憾。第一个遗憾是没有真正徒步登山（只徒步从南天门到玉皇顶）。通常我们都说登泰山或爬泰山，可见泰山是用来攀登的，没有索道之前上泰山也别无选择，唯有一步一步登上山去。我认为步行上泰山既是千百年来人们留下的传统习惯，同时更是健身文化的体现。没有气喘吁吁、汗流浃背，怎能强身健体，怎能体会成功来之不易的人生道理，怎能一边享受泰山文化（据说沿登山路线有很多石刻和文化遗迹）和泰山风景，一边抒发豪情壮志。所以说徒步登泰山应是我们的首选，否则意义就会大打折扣。当然，坐索道也有不同的感觉，也是一种体验。更有意义的是，索道为那些登山有困难或是想要享受惬意闲适的人们提供了一个机会和选择，他们也可以"登泰山而小天下"了。

因为我们选择的是从天外村为起点乘车去中天门，没有选择步行登山的路线，而步行登山的路线的起点就是泰山文化的集中地。那里有岱庙，记录了历代君王封禅大典的盛况及达官显要、文人墨客登临泰山的情况，一定程度上体现了历代的文化。泰山最古老、最珍贵的文物秦刻石也在岱庙。与岱庙擦肩而过，此乃第二遗憾缺憾。

2014年1月3日

初拜孔子

我真正开始了解孔子还是近些年的事。大约在2006年我开始读余秋雨的文化大散文，其中有一篇《古道西风》专门写老子和孔子，2007年1月我又读了《于丹〈论语〉心得》，2008年奥运会期间读了李泽厚的《论语今读》，2010年读了余秋雨的《问学》（其中有三课专讲孔子）。通过这些阅读，我对孔子有了比较系统的了解，对孔子的敬意也随之建立起来。

此行我们是以曲阜为原点来安排行程的。2013年12月4日下午我和妻到达曲阜，第二天乘车前往泰山，游览泰山之后，6日中午，我们从泰安乘车赶回曲阜，大约12点半我们在导游的带领下开始参观孔庙、孔府。

不凡的建筑

孔庙始建于公元前478年，也就是孔子去世的第二年。进入孔庙，我有一种走进北京故宫的感觉，因为这里的建筑就像皇宫一样，古老庄重、雄伟森严，处处都散发着古朴典雅之气息。据导游说，孔庙与北京故宫、承德避暑山庄和泰山脚下的岱庙并称中国古代四大建筑，孔庙的大成殿与北京故宫的太和殿、岱庙的天贶殿并称东方三大殿。

第一个来曲阜祭拜孔子的皇帝是汉高祖刘邦，之后也有多位皇帝都来祭拜过。每每君王驾临，新的建筑便随之而来，也正因为如此，孔庙的建筑越来越多，其中的讲头也越来越多，没有深入的研究还真说不清孔庙的历史。孔子学问本来就大，再加上皇家文化，真可谓是文化宝库。

众多的碑刻

孔庙的石碑很多，而且石碑上的碑刻书法堪称一流，不像泰山上的石刻书法鱼龙混杂。其中有一块碑很大，据说碑文写得最长，是明宪宗朱见深所立。碑文写道：朕惟孔子之道天下一日不可无焉，何也？有孔子之道则纲常正而伦理明万物各得其所矣，不然则异端横起邪说纷作……赞孔尊孔孝孔之意明矣。这块石碑在"文革"期间被破坏，现在还能清晰地看到修复的痕迹。康熙手书的碑最为显眼，在大成殿东南侧一个很气派的亭子里昂然耸立，足显一代君王的气势。

美好的生态

在孔庙中，众多布局讲究的古树参天蔽日，为这些几千年的古建筑增添了无限的生命力和感染力。这些树也足以引起参观者无限的遐想，它们见证了盛世繁华和末代衰败，目睹了帝王枭雄和昏君贼子，也看过了真善美和假丑恶，也正因为如此，它们活得更加顽强。这里还有一群群的飞鸟，它们一会儿在树上叽叽喳喳，一会儿落在地上觅食，它们并不害怕游人，似乎是用它们的方式迎接和招待游客，也好像在告诉人们：这里是我们最好的家园。看到生态如此之好，我十分感慨，感谢几千年精心守护孔庙的所有人，是他们让我们中华文明的一个重要出发地置于一片绿色之中。

衍圣公府

游完孔庙我们来到孔府。孔府是孔家嫡系长支的居住地，他们要世代守在孔家的故宅。从宋代开始，孔家嫡系长支被封为"衍圣公"，他上祭孔子，下衍子孙。历代衍圣公还是曲阜的行政长官，就在孔府办公，所以孔府又有县衙的功用。余秋雨主编的《藏着的中国》写道："天下州县都用流官，只有曲阜知县由孔家人世袭。因为皇帝说，圣人的后代不能随便由他人管理。"孔子家族在明代以前没有固定的行辈，取什么名字没有规定，从明代开始按照皇帝所赐的字取名排行。

其实，孔子的出生地不在孔府，而在尼山。据称孔子的父亲叔梁纥和母亲彦征祈祷于尼山，而后在尼山附近生下孔子。孔府是一个地主庄园，明代以来，皇帝赐给孔家的田地有一百多万亩，也是一个封建官府衙门。在参观出口有一面画墙，画中有一条道路很神奇，你不管从哪个方向看它，它的路口总是对着你。

匆匆来，匆匆去，恐怕有不恭之嫌，希望以后有机会再次参观，也好弥补缺憾。

2014年1月12日

久违的雪

　　"这个冬天就这样过去了""没有雪的冬天真没意思""这是大自然在惩罚人类"……刚刚过去的冬季，青岛没有下一场雪，大自然很决绝，很无情。盼望下雪的梦想何时能变为现实？

　　我常常怀念前几年的几场像样的雪，回忆起当时的雪景雪情和我兴奋之余所写的几篇小文章，我常因此而陶醉，这是否可以多少弥补一下今冬无雪的缺憾呢？我不知道。

　　冬天已经过去，春天已经来临，农历马年驰骋而来。2月5日（正月初六）晚上8点左右，在人们还沉浸在过年的喜庆中，在没有一点预兆的情况下，细密的雪花悄然地来了。真可谓马踏飞雪、意境万千，意外的惊喜让人们过年的心情更添几分欢乐。

　　我和妻子儿子9点走出朋友张志健的家门，此时的路面已经覆盖了一层薄薄的雪，雪花飘落在身上，有的附在衣帽上，有的又落在地上。我们一边小心翼翼地走路，一边赏雪，唯恐这迟到的雪匆匆地来又匆匆地走。

回到家里，我不时地向窗外张望，注意着灯光下雪花的密集程度和大小，观察草坪被雪覆盖的程度，一次、两次、三次……不小的雪啊，够意思了，不下则已，一下就很像样，冬天的缺憾终于在春天补上了，知足吧！此时，我的心思几乎全部在外面的雪上，每一句话也都是在说雪，我为雪几乎癫狂。如果老天有情，就会满足我这份心愿，就会让雪持续下，直到让大地披上厚厚的银装。

带着这个想法我入睡了，睡在一片白色中。

早上起床后，我的第一件事就是到阳台看雪，果然，天地都白了，白的很彻底、很纯粹，无边无际。我又兴奋起来，一是觉得自己的心愿得到了满足，二是又可以找到在雪地里行走健身的感觉了。

我迫不及待地走出家门，踩进绵软的雪中。我走近自家的三菱车，用手试了一下车上的存雪，足足有5厘米。

我来到辛家庄北山公园，这儿的白色不但显得宏大，而且有层次感。平时光洁平整的花岗岩地面被盖上了一层"雪被"；高高的雪松不顾树枝已被压弯，执着地托举着一团团雪，像是在展示它的力量、它的柔韧、它的名副其实；雪后的槐树虽然没有雪松婀娜多姿、伟岸挺拔，但更显出它的顽强和苍劲；几只喜鹊在空中、在树上飞舞鸣叫，像是在游戏，也像在感叹因雪的来临而带来觅食的困难。

欣赏过这明朗、洁白、富有诗意的景色，我有些犹豫了，接下来，我是用扫把清扫打拳的场地，还是暂时留住这一片白？

2014年3月1日

137

我看"九·一八"事变及追溯

适逢抗日战争胜利70周年，在此之际，我的心情难以平静，我对日本军国主义的侵略和暴行感到愤怒，为千万同胞的遭遇而哀伤，为无数中华儿女的英勇杀敌而骄傲，为中华民族的巍然屹立而自豪。在我的记忆里，关于"九·一八"事变及之后的14年抗战的印记永远不会消失，屈辱、救亡已经注入我们民族的血脉，也是激励我们自强不息、奋发向前的动力源。

那么，"九·一八"事变究竟是怎么回事？还是让我们翻开那页沉重的历史吧。结合历史，我也谈谈我自己的认识。

1931年9月18日夜，日本驻扎在中国东北的关东军经过精心策划，派守备队炸毁了南满铁路沈阳近郊柳条湖附近的一段铁轨，然后诬陷中国东北军破坏南满铁路和袭击日军守备队，并以此为借口，炮轰东北军驻地北大营，进攻沈阳城，开始了武装侵略中国东北的战争（还有一种说法是，日本借口中村大尉失踪被杀而发动"九·一八"事变）。事变发生后，东北军全部撤至关内。

"九·一八"事变后，中国100多万平方公里的国土和无尽的宝藏都被掠夺，在日本帝国主义的铁蹄下，3000万东北人民过着屈辱生活，时间长达14年之久。

　　"九·一八"事变是偶然的吗？它是一次孤立的事件吗？答案都是否定的。让我们把目光再往前延伸，看看在这之前，日本都对中国做了什么。

　　1868年前后，日本爱国志士支持刚继任不久的明治天皇用武力从幕府（掌握全国政权的军阀）手中夺回了统治权，进行了一场资本主义的改革运动，史称"明治维新"。"明治维新"使日本由封建社会走上了资本主义道路，并在短短的二三十年内一跃成为亚洲强国。随着国力的增强，日本很快建立了一支拥有6万多人的常备陆军和一支强大的海军。当时，日本对外侵略的首要目标是朝鲜以及中国的东北（满洲）和中国台湾。

　　1894年7月25日，日本军舰在朝鲜牙山口外丰岛海面袭击中国运输船，清政府被迫于8月1日对日宣战，这一年是中国农历甲午年，所以这场战争被称为"甲午战争"。9月17日，日本舰队和北洋舰队在黄海海面展开了一场激战，李鸿章为了保存实力，竟命令北洋舰队退守威海卫军港。10月，日军兵分两路进犯中国，一路渡过鸭绿江进占九连城，另一路从辽东半岛的花园口登陆，侵占旅顺、大连。1895年1月，日本陆军在山东半岛荣成湾登陆，与日本海军夹击威海卫军港，北洋舰队全军覆没。4月17日，李鸿章代表清政府签订了丧权辱国的《马关条约》。

　　1900年5月底到6月初，八国联军开始入侵中国，日本是侵略国之一。八国联军先是攻占天津，而后杀进北京，杀伤我军民众多，烧毁文物古迹不计其数，抢掠我国财富的行为更是骇人听闻，强盗气焰嚣张至极。列强入侵逼迫腐败无能的清政府签订了出卖主权的《辛丑条约》。

1914年8月，第一次世界大战爆发，日本参加英、法等国组成的协约国集团，向德、奥等国组成的同盟国宣战，乘机出兵我国山东，占领青岛和胶济铁路，夺去了德国在山东的权益。翌年1月，日本政府向袁世凯提出丧权辱国的"二十一条"，作为支持袁世凯称帝的条件。

以上事实足以证明，日本人对幅员辽阔、物产丰富的中国垂涎已久，他们不断制造事端，利用一切可乘之机，巧取豪夺，践踏我山河，奴役我国民，更企图灭我华夏于一旦。

由此可判断，"九·一八"事变不过是日本吞并我中华战略的又一次强势进攻。

从当时中国的内部情况来看，我做了如下概括。

积贫积弱。 从第一次鸦片战争到辛亥革命，大清朝廷在对待外族侵略问题上，贯彻的是投降路线。往往战争一开始，胜利的天平就倒向侵略者一方，最后的结果除了割让土地、让侵略者享有诸多特权外，还有巨额战争赔偿，这使本来就贫弱的中国在一次次劫难后再遭重创。从辛亥革命到1931年"九·一八"事变期间，一些帝国主义国家一直以各种手段在华攫取利益，致使我国国力日下。

国民党统治下的中国并没有改变晚清以来政风日颓、官场贪污腐败、百姓穷困潦倒、国库亏空的局面。

此外，内战也屡屡给当时的国民经济带来重创。

不抵抗政策。 当时东北军驻防北大营的有8000人，而关东军只有3000人，东北军驻防奉天省的有6~9万人，而关东军不足2万人，同时装备差距不大。一旦战事开始，驻防热河、直隶、山海关一线的东北军可以迅速驰援。但是历史没有如果，我们应当牢记历史，自强自立。

如果说积贫积弱让日本侵略中国，那么"不抵抗命令"又让日本轻易得手。

侵略是帝国主义的本性，贫穷落后就要挨打，软弱就要被欺负。"九·一八"，千古遗恨，国之长痛。

2015年8月20日

再登蓬莱阁小记

30多年前我在部队服役时曾到蓬莱阁一游，但很遗憾，那时对蓬莱阁的印象很粗浅，只笼统记得是"八仙过海"的地方，有大文豪苏东坡的题字，阁的一侧是明代抗倭名将戚继光的水军码头，附近海面经常出现海市蜃楼的奇观。

大约在2000年6月，单位组织党员活动，我们在栖霞的烈士陵园举行重温入党誓词活动后，顺便到长岛看看，因为途径蓬莱，我们一行站在景区外仰望片刻便匆匆离去。对了，我们还在骄阳下背对景区高墙拍了一张集体照。来到文化古迹的脚下而不能登临，当时我和我的同事无不感到遗憾。

2015年9月23日上午，我再次来到蓬莱阁。此次纯属偶然，因为我和同事到烟台出差，完成任务后承蒙兄弟单位的热情招待，利用半天时间驱车前往。在领略了沿途美景后，10点45分到达了景区大门。

蓬莱是古代登州府所在地，曾管辖九个县一个州，是当时中国东部沿海的门户之一。阁的东部蓬莱水城为我国最早的军港之一，这里负山面海，有水门、码头、炮台等海港和军事建筑，也曾是明代将领戚继光统领水军抗倭的海军基地。

蓬莱阁古建筑群始建于北宋嘉祐六年（1061），经过宋明清三代的不断扩建和改造，才建成我们现在所看到的6个建筑单体、共有100多个房间的规模。整个建筑群的楼台殿阁分布得宜，寺庙园林交相辉映，古朴典雅。

导游说它是中国四大文学名楼之一，可在我的记忆中，它并不在"四大名楼"之列，"四大名楼"应该是黄鹤楼、滕王阁、岳阳楼，还有山西的鹳雀楼。后来上网查知，四大名楼的说法有很多，黄鹤楼、滕王阁、岳阳楼没有异议，另外一楼众说纷纭，其中就有烟台的蓬莱阁和山西的鹳雀楼，还有昆明的大观楼、四川绵阳的越王楼。

蓬莱阁是以道教为核心，同时集佛教、妈祖文化、神话传说于一体的文化古迹。

蓬莱阁的三清殿供奉三尊塑像，中间为玉清元始天尊，东边是上清灵宝道君，西边是太清太上老君。道教是中国本土的宗教，由东汉张道陵创立，到南北朝时盛行起来。道教信徒尊张道陵为天师，因而又叫"天师道"。道教奉老子为始祖，把《道德经》当作主要经典。

弥陀寺始建于唐代，是蓬莱阁景区唯一的佛教寺庙。弥陀是号称"西方三圣"之一的阿弥陀佛的简称，另外"二圣"为观世音和大势至两位菩萨。

天后宫正中端坐的是天后金身。天后是海峡两岸众多百姓虔诚信奉的海神，有人称她"海神娘娘"，也有称为妈祖的。

据传说，天后姓林名默，是福建莆田湄州湾贤良港人，生于北宋建隆元年（960）三月二十三，卒于雍熙四年（987）九月初九，时年28岁，终身未嫁。在天后宫，四海龙王为天后当站官，可见她在人们心目中的地位是何等尊贵。因她未曾婚配，所以只能待在闺阁中，游人想看她的真容还要隔着窗棂。

八仙过海的故事是蓬莱阁的招牌，也是蓬莱阁最主要的文化展示，二者相互成就。八仙各有绝技，这无疑是一个强大的团队，无坚不摧。在这里，八仙或自由自在议事，或与王母娘娘和众仙女在天宫相见。据说，八仙在这里醉酒之后，各乘宝物漂洋过海，至于前往何方却从未提及，任凭后人猜测。

秦始皇曾到这里登高望远，正像余秋雨先生在"黄河文明与蓝色文明的碰撞与融合"讲座中所言：秦始皇对大海比较感兴趣，他骑着马、坐着车多次到海边瞭望大海，他觉得大海的那一边应该有另外的世界。大海究竟是什么？大海在哪一点上阻碍了我？在哪一点能帮助我？他不知道。然而，他的海洋梦被来自北方的威胁打断了，因此他对大海只有感叹而已。

苏公祠和卧碑亭是蓬莱阁的精神制高点。苏公祠有苏东坡肖像刻石拓本（拓于广州六榕寺），西侧墙壁上有清代大书法家翁方纲临苏东坡的《海市诗》楷书刻石。卧碑亭里有卧碑一方，卧碑的背面刻的是苏轼的楷书《海市诗》，正面是行草《书吴道子画后》。从内容上看，《书吴道子画后》是对吴道子画作的高度概括和赞美；而从笔法上看，却别有一番情趣。据导游介绍，此碑文是苏东坡一边喝酒一边题写的，刚开始还讲究书法规范，可随着一口口美酒下肚，其狂放不羁的性格尽涌笔端，使书法作品更加气势如虹，字体也越来越大。看到苏东坡的碑文，我这蓬莱阁一游也就无憾了。

　　宾日楼是蓬莱阁的最高建筑，也是看日出的地方。20世纪60年代，北京电影制片厂拍摄的大型舞蹈史诗《东方红》，就曾在这里拍摄日出的画面。

　　蓬莱阁规模不大，但所包含的内容不少，想要充分领悟没有足够的时间是难以做到的。那就留给以后吧，也许以后也难以成行，那就留下一点遗憾吧，人生有很多遗憾，多一个又何妨。

2015年10月3日

黄山一日

　　2015年10月25日早上6点多，我和妻离开宏村四平居客栈，在村口两棵古树旁的餐馆吃过早餐后前往停车场，不巧的是，开往黄山的汽车刚刚开走。此时我们有两个选择，一是和其他游客拼车，二是包车，拼车两个人50元，包车则需要100元。我们本想拼车，但等了大约10分钟也没拼上，为了不影响行程，我们决定包车前往黄山。开车的师傅姓张，很健谈，交谈中他告诉我们，宏村通往黄山的路原来不是这个样子，后来进行了升级改造，才变得又平坦又舒适。看来我们非常幸运。

　　大约9点，我们来到了黄山脚下。为了省心，我们加入了黄山中青旅行社组织的散客团。

　　黄山果然名不虚传。在大巴上，铺天盖地的翠竹、各种乔木灌木迎面扑来，这些植被美了黄山，也美了我们的旅途，我有些陶醉了。不过这仅仅是开始，好戏还在后头。

　　不到20分钟我们来到了云谷索道上行站口云谷寺站，排队的人多得有点像上海世博会。20分钟后我们乘上缆车，缆车在行进中有不小的起伏，胆小的人往往会发出尖叫声。

黄山之美美在松树。据我观察，山上的树大多是自然长成的，也可能是早年飞播造林的成果。我认为，松树是山上众多树种中最美丽的，它卓尔不群却又与其他树木相伴而生。有的松树洋洋洒洒铺展开，像展示、像阅兵、像比美，有的像哨兵，独自站立在路口，警觉而又安静，用它特有的方式与山交流，与云交流，当然更少不了与游人交流，不知道我们这些游人是不是它喜欢的那种。

有一棵松树叫团结松。导游介绍说，这棵松树有56个大的枝杈，象征着我们国家56个民族。高山之上远离尘俗，更近天意，这是我的看法。团结松葱茏茂盛，更符合我们对中华民族大家庭团结向上的解读，所以说，这棵松树应该被好好呵护，它的寓意太深刻了。

有一棵雨伞松颇有来头。2006年5月，时任联合国秘书长的安南来到黄山游览，看到一棵松树酷似一把雨伞，就说："我看这棵松树特别像一把雨伞，能不能叫它雨伞松？"陪同的黄山市市长当即表态："我们会采用安南秘书长的建议，为这棵松树命名。"这棵松树原来可能没什么名气，经过安南这么"一提拔"，转瞬之间它就国际知名了。当然，也是它自己长得有特色。愿这把"雨伞"给更多的人带来福气。

黄山之美还美在石头。黄山上的石头（小山头）造型各种各样，其中有的像人，有的像人体的某个部位，有的像动物，有的像常见的物件……因此，这里的很多石头都被冠以贴切的名称，像梦笔生花、笔架峰、石猴观海、飞来石、仙人晒靴、

佛掌峰等。我印象深刻的有梦笔生花，一个如笔杆一般的石柱上长着一棵小松树，就像一支毛笔竖在那里。在它的不远处是笔架峰，五座小山峰连在一起像一只手的五个手指，也像一个笔架，这当然是给那支"毛笔"准备的。遗憾的是，这只"毛笔"不懂笔架的好意，总是直挺挺立在那儿，真有点"不解风情"。飞来石的名气也很大，是黄山的重要景点，导游介绍，这块石头高12米、长7.5米、宽2.5米，重达500多吨。关于飞来石，最具有传奇色彩的解说是，它是女娲补天所剩的两块石头之一，后来飞落在黄山成为奇石。还有仙人晒靴，光晒不穿，我猜想是因为仙人的鞋太多了，不在乎这一双吧。石头有一个好听的名字，不但说明人的想象力很丰富，更使本来僵硬冰冷的物体变得可亲、可爱、可想、可知，这也是人与自然和谐的一种表现吧。

此次游黄山，因为时间短且受路线所限，没有看到多少有关黄山文化的印记，只看到了刘海粟86岁高龄登黄山留下的墨宝"黄山是吾师"，以及与迎客松相伴的巨石上朱德同志的"风景如画"，此外还有不知是谁的题字"岱宗逊色""奇观"和"一览众山小"。后来上网查知，黄山留下了不同时代的很多文化名人和政要的题诗题字。从这个层面看，黄山的文化底蕴也是非同寻常，否则也不会成为世界文化遗产。很遗憾，我没有亲眼见到这些文化瑰宝，所以说，此次黄山游不是文化游，而是风景游。那就等以后吧，我相信这个日子不会太远。

此次游黄山还有一点不能不说，就是我们夫妻的"惨相"。24日下午到达宏村汽车站下车时，我膝关节崴了一下，这一下竟使我成了"瘸子"，一步一瘸，好不凄惨。晚饭后我们出来小逛，宏村美丽的夜景也没有让我的疼痛消减。我确实有点难过，恨自己关键时刻不争气。尽管妻要改变第二天游黄山的计划，可我仍坚持，坚信自己还能走。我嘴上硬，可心里还是有些打鼓。第二天早上起来情况似乎有些好转，我也更有信心了。

乘坐云谷索道的缆车后，真正的考验开始了。平路几乎没问题，而上下台阶却倍加艰难，尤其是下台阶，我必须小心翼翼，还要"龇牙咧嘴"。此时，"登黄山而天下无山"的大境界、大感慨似乎与我渐行渐远，我犹如电影中行进在长征路上的先辈，拄着拐杖，蹒跚而行。妻看我如此模样，决定由她来背包，走着走着，妻的体能和腿也出现了问题。这下可好，两个人没有一个"完整"的，只能相携而行。

这时，我们已经无力跟随导游，他介绍什么对我们都毫无意义。眼前的百步云梯让妻步履维艰，她已经虚脱，每上一个台阶都要使出全身的力气，甚至"仰天长叹"。百步云梯，实际上不止百步，有几百步之多。上到百步云梯的最高点，导游又告诉我们，前面要到西海大峡谷，需要走到谷底再乘缆车上行观光。这对我无疑是个巨大的挑战，此时我最怕的就是下台阶。没有别的办法，我只有硬着头皮走，走一步算一步。就这样，我和妻随着人流艰难地行进，走走停停，停停走走。看到有那么多同团的游客都超过我们，其中还有几位70多岁的老人，我心里五味杂陈。好在每段下台阶路之间还有距离不等的平道，这就大大缓解了我们的痛苦。

妻几乎到了极限，她用手扶着悬崖一侧的栏杆缓缓下行，杆栏高度只到腰部，两道横栏之间的空隙很大，如果失手，后果将不堪设想，因此，我让妻手扶崖壁，避免出现危险。也幸亏我们上山时买了一根拐杖，此时便轮流使用，就像两个年事已高的老人家。行进中我们经过一座景观桥，名曰步仙桥，顾名思义，这是神仙走的桥。看着难度不大，我便也走上去当了回"神仙"。

看到了，看到了，我们终于看见了不远处的缆车站（排云溪站），痛苦即将结束，我心里敞亮了不少。人一旦看到希望，体能会顿时提升不少，精神的力量太不可思议了。虽然排队等缆车的时间长了一些，但对我们来说这也是恩赐。

下了缆车之后，痛苦又来了，因为还要走几公里的路去看黄山最著名的景点——迎客松。

俗话说，不看迎客松就等于没到过黄山，再艰难也要看。一会儿上，一会儿下，我上台阶还勉强可以，一步一阶甚至咬咬牙一步两阶，下台阶则要两步一个台阶。妻还不如我，她几乎上下都要两步一阶，而且严重虚脱。我们被人流裹挟着，一米，两米，艰难地用脚步丈量着这段行程，盼望着那棵神树早一点出现在我们面前，早一点解除痛苦。看到游人川流不息，听到人声鼎沸，我们预感就要到了，可妻终于无法坚持，坐在一条石凳上说什么也不走了。无奈，我只好一个人去拜见这棵千年美树，当我来到树下，顿时觉得一切都值了。

迎客松之美主要体现在造型之美。它的主干粗壮，树冠蓬松巨大且边缘曲线舒缓，下边一大一小两个枝杈分张适度，既是对高贵美丽的树冠的陪衬，更像伸出的双臂迎接着远方的客人。我更欣赏它的生命之美。迎客松长在一块巨石旁，远看就是长在崖壁上，仅有的一点生存空间，仅有的一点土壤水分，它都用足了，成就了自己的千年之美，引来无数朝拜者。一棵松树能成为偌大黄山的标志性景点，真乃大美也。

我个人总结，有两个原因致使此次黄山之旅不尽如人意。一是时间短，没有充分的时间领略更多美景和灿烂的文化遗产；二是身体出了问题，致使过多的精力用于走路而无心他顾。回想一下，真有点对不起黄山，对不起自己寄情山水的雄心壮志。

不过，我还是登上了黄山，也不失为个人的一个壮举。徐霞客说："登黄山而天下无山，观止矣。"还有名句："五岳归来不看山，黄山归来不看岳。"我深以为然。此行瑕不掩瑜，我心足矣。

2015年11月5日

难忘宏村

　　参加外甥女李树杰于江苏如东举行的婚礼后，2015年10月24日早上，我和妻乘长途汽车前往黄山市。在经过9个多小时的颠簸、转乘两次车后到达预定的酒店——位于黄山市黟县宏村的四平居客栈。这是一个具有皖南特色的干净整洁的客栈，刚来到这里就觉得挺舒适。

　　我们买的是一周的通票，就是说在一周之内进出宏村不用再买票，票价每人100元，这也是入住这里旅店的通常做法。票是贵了点，可当你看过了宏村就会觉得钱没有白花。

　　宏村始建于南宋绍兴元年（1131），建村始祖为汪氏六十六世祖彦济公（1085—1151）。宏村西邻羊栈河、濉溪河，东傍东山和东溪，背枕雷岗山，南面是南湖和奇墅湖，三面水一面山，真可谓一块风水宝地，适合人居住。

　　宏村的先民以其智慧、勤劳和远见卓识，创造了直至今天还令世人惊叹和仰望的奇迹，也正因为如此，2000年11月30日它与附近的古村落西递一起被联合国教科文组织列入世界文化遗产名录，2001年6月被国务院批准为国家重点文物保护单位。

看宏村看什么，应该说仁者见仁，智者见智。我个人认为宏村有几个看点不能不提。

首先是宏村的水。我曾去过丽江古城，古城里的小河小渠无一不流淌着从玉龙雪山欢腾而下的冰凉清澈的水，那是大自然的恩赐，也是人的智慧结晶。宏村的水就更不同凡响了，它不但细腻，而且奇妙无比。

宏村多水圳。圳即田野间的水沟，这里的水圳应该理解为水渠。水圳宽处有1米多，窄处有0.6~0.7米，明圳敞开，暗圳上铺石板，沿途建无数下圳踏石，以方便浣衣洗涤。宏村的地势西高东低，借助自然的力量，故水圳从西边引入，九曲十弯，穿越村落。为什么要九曲十弯，今人分析其原因有二：一是减少黄梅季节洪水对村落的冲击，七拐八拐可使水势减缓；

二是房屋星罗棋布，要想家家受益必须蜿蜒曲折。这样的设计理念既是对自然的顺应，也是人类智慧的体现。

当你走进这里的每个胡同、每户人家，都能看到潺潺流水与人同乐，据说有的住户厨房里都流淌着这"玉液琼浆"。水流进家家户户方便了居民的日常用水，也为防火提供了可靠的保障。由此，我们可以毫不夸张地说，在这个古老的村落，一种人与自然的和谐之声百世传响，和谐之美无处不在。正如宏村汪氏93代孙汪双武在《宏村西递》一书中所描绘："几百年来，一渠碧水养就了一代代水灵灵的姑娘小伙，一泓清流，浇灌了翠绿绿的稻蔬果木。老嫂在青石板上捶衣，阿叔劳作后拂面洗涤。一串串晶莹的水花，激起豪爽的笑语，疲劳和汗水涤荡无迹。"

如果说水圳的建设体现的是宏村先祖谋事精到，那么月沼和南湖的开挖则说明了他们的高瞻远瞩。月沼位于宏村中央，占地约两亩，是一个半圆形的人工湖。明朝永乐年间，宏村七十四世祖汪玄卿嫡孙汪辛在外做官，他情系家乡，又身为高辈，为村人所敬重。他根据先祖"开掘村中天然一窟"的遗言，聘请当时号称国师的何可达进行设计。在施工过程中，由于汪辛常年在外，实际主持村务的是他通晓风水的精明干练的妻子胡重娘。他们经过艰辛的劳作，将原有的泉眼扩建为塘，名月沼。月沼为什么建成半圆形，有三种解释：一是按照风水学的解释，"汪"字有冰清玉洁之意，月亮为天上的"玉盘"，最为纯洁，当然以月型为妙；二是徽州地区多建半月塘；其三，花无百日红，月无常满月，月圆月缺是正常的事，"长盈必亏，半亏有盈"，凡事留有余地，才能令人进退有余。我认为第三种解释最符合常人的想法，给人以谦虚、向上的感觉。

月沼之水有沼中之泉水，还引进了圳水，使其活水长流、清澈明亮。月沼建成后，村人相继在其周围建房盖楼，形成了月沼民居群。典雅古朴的民居倒映在水中，水因此而更灵动。因为月沼风景如画，所以它成了村人消遣娱乐的好去处，俨然一座水上乐园。当你来到这里，你就是月沼的一部分，月沼的秀美也会使你更美，不信你来试试。

明朝万历年间，宏村先民又将村南百亩良田挖深数丈，砌石立岸，建成南湖。为什么建南湖，汪双武进行了如下解释：第一，宏村南面韩高岭、茅坟山，山有红土，红土似火，必须用旺水镇之，方合风水之道；第二，遵先祖汪辛夫人胡重娘遗言，"村南山朝不利，将来当凿湖堵水制之"；第三，村南田地灌溉需要。事实证明，南湖确实给宏村人带来了实实在在的福祉，它不但保证了宏村农业的丰产，为当地百姓的衣食提供了可靠保证，还为宏村增添了美丽景色和十足的水乡韵味。

当你漫步南湖岸边，会看到古树参天、垂柳依依，更有折而不死、横卧水上的老干新枝，顽强的生命力在这里得到了最充分的展现。你还会看到绿荷扎堆而居，争相媲美。一条石路托举起一座拱桥，纵贯湖面，组成了箭在弦上、蓄势待发的奇景。美术学院的学生正在用他们的画笔描画着碧水、小桥、岸树、荷花、游人、岸上人家和招摇的红灯笼，他们为美丽的南湖而陶醉，南湖也因他们而更美。说不定未来的艺术家就诞生在我们眼前这些学子当中。

其次是宏村的文化传承。最能体现宏村文化内涵的是南湖书院。17世纪中叶，宏村人在南湖北岸建私塾六所，故称

"依湖六院"，供族人子弟精进学业。清嘉庆十五年（1810），宏村人汪授甲、汪家驹、汪以文接受浙江闽道学政使罗文聘的意见，集巨资将依湖六院合并，于1814年秋建成南湖书院。

书院主厅堂分东、中、西三部分。东侧三进三，首进为木栅栏门楼；中进为书院正厅智道堂，是先生讲学场所；后进为文昌阁，摆设孔子文位以供学子瞻仰。此外，还有幼童启蒙学习场所启蒙阁、文人墨客以文会友的场所会文阁。南湖书院宏梁伟柱、巍峨壮观，加之从这里走出了一代代英才，因此它早已成为徽州著名的古书院之一，成为令后世仰望的文化圣地。现在的南湖书院，虽没有先生解读诸子百家，没有学生高声朗诵唐诗宋词，也没有文人骚客谈古论道，其作为书院的功能已不存在，但作为古徽州地区教育文化的展示、传承之所，意义非同寻常。

第三是宏村的民宅。宏村的民宅从外表上看，几乎看不到高门大院，大部分都是小家碧玉。号称"民间故宫"的承志堂算是一个较大的宅院，它的大门没什么特别，门洞上方为贴墙门楼，门楼檐角飞翘，石刻精美。而当我走进这个宅院，其中的气象就不同了：宽敞的大厅、恢宏的梁柱、巧妙的设计、唯美的对联、精致的雕刻一股脑拥在我的眼前，令我目不暇接。据导游介绍，其前厅横梁上的木雕"唐肃宗宴官图"最为精美，图中四张八仙桌一字排开，众官员琴棋书画各得其乐，国泰民安、君臣和谐之意蕴含其中。

承志堂有大小天井9个，天井檐口都有锡制水笕，水笕沿内壁而下，将雨水排到地下，天井四周的瓦面向内倾斜，雨水沿瓦面流入水笕内。良好的排水系统避免了邻里之间不必要的纠葛，也可解释为"肥水不外流"；还有"天井在下雨时接收的是珍珠、下雪时接收的是白银"的说法，真是美妙的解释。著名美籍华裔建筑大师贝聿铭在考察承志堂后，题字"宏村建筑文物是国家的瑰宝"，足见其构思精巧。

宏村的民宅外墙均为白色，而临街的大多亦居亦店，所以都红灯笼高挂，白墙红灯，色彩分明，格外显眼。当夜幕垂临，一盏盏灯笼照亮了街道，照亮了商铺，也照亮了游人。灯光下，南腔北调此起彼伏，红男绿女说说笑笑。此情此景，城市里常见，可在一个村落中就别有一番风情了。

依我看，宏村比通常意义上的古城要小得多，可作为一个村落来说，它已经非常大了。它有古建筑群，有面积不小的湖，还有青山为伴、水圳弯弯、古树婆娑。更重要的是，它不仅颇具当地特色，而且还蕴藏着很多智慧。因此，走进宏村就是翻开皖南历史的重要一页，让你骄傲和陶醉。

小小的宏村宛如一颗明珠镶嵌在皖南的崇山峻岭中，其光辉照耀百代、惊艳世界。

我已经离开宏村多日，可心却常常被那里的一切所萦绕，这也许就是文化的魅力。也许我还会故地重游。

2015年11月16日

深秋游北九水

　　我去过崂山北九水三次：一次是1999年秋天，与侄儿延宁儿子延骁一起；一次是2003年秋天，与从东北老家来青定居的大哥大嫂同游；第三次是在刚刚过去的2016年10月27日，陪叔叔家的俊玲、俊文姐姐和俊秋、俊梅妹妹。前两次没有留下只字片语，只因当时还没有写作这个爱好，记事抒情可能也不如现在流畅。如此看来，尽管我年龄不小了，总还能有点进步，不错。

　　北九水位于崂山山脉中部，在一条几公里长的弯弯曲曲的峡谷中，游走着一股或宏大湍急或柔弱舒缓的水流。它不但是崂山的重要风景区，更是青岛旅游的招牌景点。时至深秋，北九水更是风光无限。

　　九水是一水、二水、三水、四水、五水、六水、七水、八水、九水的合称，每一水都是水流的节点、看点，它们由下而上布局，走势越来越高，形态各有不同。北九水发源于潮音瀑

（九水），而潮音瀑的源头是山上的水。北九水的水流出峡谷后，又流经白沙河上游进入崂山水库，然后又经白沙河下游（崂山水库放水时）布下一路风景后，毅然决然回归大海（胶州湾）。水是北九水的灵魂所在，无水则无北九水的美。

北九水的水每走一步都离不开石头，水在石中穿行翻滚，石在水中岿然不动，二者相互依存，少了哪一个，都会顿失趣味。

我们且走且欣赏，走过一个急转弯儿，便来到北九水的最美之处——潮音瀑。只见眼前一条玉带在半空中打了两个折便直泻而下，一头扎进碧潭中。潭里的红鲤鱼悠闲地游动，不知是觅食还是享受这闲适的时光。潮音瀑虽无"飞流直下三千尺，疑是银河落九天"之气势，但其精致柔美也足以让我们惊叹。因为正值深秋又不是周末，所以这里的游人很少，算上我们5人最多不过10人，近乎独享这一派秋色，如此说来我们还是非常幸运的，应该知足。

欣赏了水，我再说说北九水的树。多年前的一个秋天，我到过四川的九寨沟，那里的彩林可用气势磅礴来形容，看一眼你就会终生难忘。北九水也有彩林，只是格局偏小，色差也不够强烈，震撼力不够，属于"小打小闹"。绿色应是北九水的重要色彩之一，成片的深绿色松树构成了这里的基本色调，它们不炫耀不张扬，默默地为四季、为山、为人奉献着生命之美，给人以恬淡祥和、生生不息的感觉。黄色的银杏树虽然还没黄到极致，但也足够吸引你的视线，让你多看几眼。还有紫色，说不清是什么树种，漫不经心地出现在视线中。最耀眼的当属枫树，它虽不高大成片，可是会聚焦游人的目光，让你驻足欣赏，欣赏它的与众不同，欣赏它红得热烈和无私。眼前的这棵就是枫树中杰出的代表，它长在小路旁，混在众多枫树之间，好像故意要掩饰自己的火红。可美是藏不住的，每个游人都有一双发现美的慧眼，这不，大家都在急不可耐地与它合影留念。其实这里的风光也不是它一树独占，因为过几天，其他的枫树也可能红得透明，而它也许会先于其他同伴而凋落。彩林以其独特的美打扮了秋日的崂山北九水，更是愉悦了我等游人。

看了水看了树，下面我还要说说我们自己。因为手机的智能化，我们似乎都成了摄影家，尤其几位姐姐妹妹，更是乐此不疲。她们都是特别爱美之人，外表年轻，心里更年轻，她们几乎不放过任何一处景点，每到一处都会摆好姿势留影，留下一路身影，也留下一路愉悦。大姐为了拍照竟敢在山路上穿高跟皮鞋，真是勇气可嘉；二姐留影必做手势，"文艺范"十足；小秋白衣端庄，步伐敏捷；小梅仪态秀美，堪称明星。毫无疑问，杨家四姐妹也是一道风景，她们的到来，为秋日的崂山北九水增添了浓浓的色彩。

深秋的北九水是一幅画，而我们则是画中人。

2016年11月7日

又见杭州

　　上次去杭州要追溯到1986年5月，那是婚后不久与妻一起去的，我们由近及远，一路南下，南京、无锡、苏州、上海，最后是杭州。在杭州我们游览了西湖、灵隐寺、六和塔、虎跑公园、瑶琳仙境等景点，西湖的三潭印月、白堤、苏堤，西湖边上望湖宾馆的巨幅《红楼梦》木雕画，还有灵隐寺的香火、瑶琳溶洞的奇景都给我留下很深的印象。这一路应接不暇的美景，再加上当时新婚宴尔，现在回想起来也是非常美好的。

　　2017年2月28日到3月2日，我和同事到杭州出差，时间很紧，但我们还是忙里偷闲，走马观花地看了几个景点，除了享受美景，也有一点感慨。

文明一瞥

　　我们乘坐的航班于2月28日8点40到达杭州萧山机场，乘上机场大巴后大约40分钟到达城区的一个站点，然后乘出租车直奔宾馆。坐上出租车后，杭州的文明就给我留下了很深的印象，当时我就想一定要记上一笔。其实这文明行为并不新奇，就是当行人出现在人行横道上时，驾驶员都会自觉减速或停车避让。所以在杭州乘坐出租车，经常会遇到刹车。这里的出租车司机告诉我们，车辆原来也存在抢行问题，交管部门出台了很多严格的措施后，才逐渐文明起来。现在所有驾驶员都很自觉，因为违法的代价太高了。我看到避让行人时，出租车司机的神态很平静，不急不躁。

这是驾驶员的文明，也是管理的文明，更是城市的文明。城市的精神文明体现在很多方面，交通秩序的文明就是一个点。什么是和谐社会，这就是一个很好的体现。要达到这种文明程度难吗？我想不难。只要管理部门用心，市民素质提高，愿意配合，事情就好办了。

商业水平、高楼大厦的多少一定程度上反映了城市的经济发展水平，但反映不了精神文明水准。在这里我要引用余秋雨先生《何为文化》中的两句话："一座普通城市的文化，主要看地上有多少热闹的镜头；一座高贵城市的文化，主要是看天上有几抹孤独的云霞。"我理解的是，云霞就是高尚文明的象征，是精神文明的文学表述。由此我们可以这样说，杭州真美，杭州的人更美，致敬杭州！

我说雷峰塔

我曾读过鲁迅先生的文章《论雷峰塔的倒掉》，白蛇传的故事让我对雷峰塔更多了一份情节，每每想起赵雅芝的白娘子形象和优美的唱腔，我便觉得这是最好的精神享受。然而我对雷峰塔的样子，一直没有一个具体的感觉，总认为是在西湖水中，在湖中矗立，在湖中坍塌，非常神秘。多年前我也看过关于雷峰塔地宫考古发掘工作的电视报道，但还是觉得故事留在水中。

2017年3月1日，我来到了西湖，来到了雷峰塔下，终于可以仰望它。且慢，先不要看新塔，让我们一起转身，先捋一捋雷峰塔的前世今生。

我上网查资料得知，雷峰塔原名皇妃塔，是由吴越忠懿王钱俶于北宋太平兴国二年（977）在西湖南岸夕照山上建造的佛塔，据说是以此祈求国泰民安。北宋宣和二年（1120）遭战乱，塔被严重损坏，南宋庆元年间（1195—1200）重修，明嘉靖年间（1522—1566）东南沿海倭寇围困杭州城，纵火焚烧雷峰塔，灾后古塔仅剩砖砌塔身，通体赤红，一派苍凉。到了清末，民间盛传雷峰塔砖有"辟邪""宜男""利蚕"等特异功能，因此屡屡被盗挖。1924年9月25日，雷峰塔砖身轰然倒塌。1999年浙江省和杭州市人民政府决定在原址重建，2000年12月26日奠基，2002年10月25日新雷峰塔如期落成。

让我们重新仰视面前的雷峰塔，它气势非凡、富丽堂皇、光彩照人，雷峰塔凤凰涅槃了。获得新生的雷峰塔巍巍矗立在西湖南岸，此时的"雷峰夕照"没有了历史的沧桑，可在人们的心中它的故事仍在延续。

怀着好奇的心情，我走进了这座充满了神秘色彩的宝塔。它的底部被玻璃罩了起来，可清晰看到原塔遗址，一块"浙江省重点文物保护单位"的石碑赫然而立，断壁残垣、砖土混杂，还有数不清的游人投进去的硬币。现在看雷峰塔，我更在意的是它的历史，如果没有历史及传奇故事，这塔只是一个漂亮的建筑、一个景观而已。所以，这底座里的一片废墟就成了塔的魂，它的每一块砖、每一捧土都经历了千年风雨，渗透着人文气息，寄托着人们的祈求。也正为此，这些砖土得到了特殊的保护，投钱可以，取土取砖不行。我们绕场一周，力争近距离看看这点神秘的存留。

我们乘电梯登上最高一层，在那里俯瞰西湖碧波荡漾、亭台楼阁、断桥残雪、垂柳依依、古树参天、游船戏水，转个方向，又是青山古刹、高楼入云、滚滚车流……

由于时间紧，我们没有逐层观赏，不过还是充分体验了浓厚的艺术氛围。记不清是哪一层围廊，上面的木雕深深感染了我，应该是《白蛇传》里的故事，精美的雕刻再现了故事情节，引人入胜。在我看来，这些木雕应该是镇塔之宝，它是艺术之美和故事之美的完美结合。看！白娘子已经忘却被法海镇压的痛苦和悲伤，白衣飘飘、笑容可掬，为我们这些游客亲自讲解她的故事、展示她的美丽。

再来回顾一下鲁迅的两篇有关雷峰塔倒塌的文章。一篇对雷峰塔的倒塌持赞美态度，觉得白娘子终于摆脱了法海的魔掌，熬出了头，是一件值得庆幸的事，这完全出自对白娘子的同情之心，是把自己放到神话当中，其弦外之音是对当时统治阶级的强烈不满和对处于社会底层民众的同情；一篇是对雷峰塔的倒塌持惋惜态度，批判那些导致雷峰塔倒塌的盗挖塔砖的行为，其深层用意是批判那些为了个人私利，蚕食国家财富、腐蚀国家的不义之人。两篇文章的观点看似相反，实际都表现了鲁迅先生心怀天下的大义。

雷峰塔之美，不仅在于建筑之精巧，更在于其所蕴含之文化精神。得见此塔，实属我辈之幸事。

六和塔上看钱塘江

3月2日一早，我和同事就来到位于钱塘江边的六和塔景区，因为时间比较早且不是节假日，所以景区没几个人，安静得很。1986年5月我和妻曾到过这里，因当时六和塔正在局部修缮，所以我们只上到了三层，挺扫兴的。

我查资料得知，六和塔始建于北宋开宝三年（970），据称是为镇钱塘江潮，由僧人智元禅师募集资金并组织修建。宋宣和三年（1121），六和塔毁于战火，如今的砖筑塔身是南宋绍兴二十六年（1156）重建的，清光绪二十五年（1899）重建塔外木结构。所以，眼前的六和塔是千年来的匠心集合体，它见证了兵荒马乱、世道沧桑。纵观中华大地存留的古建筑，没有遭到战争破坏的少之又少，战争的参与者很少在名胜古迹面前留情，这充分说明战争是野蛮的，极具破坏性。

我们拾级而上，每上一层都要在观景平台上转一周，欣赏周围美景。其实周围景观主要就是一山一水：一山是月轮山，山不高，被一片墨绿覆盖着，郁郁葱葱，气势逼人；一水就是钱塘江，好大的江啊！江面宽度估计至少一千米，可谓江水滔滔，更为有气势的是横跨江面上著名的钱塘江大桥，它至今仍是贯通南北的交通大动脉，也是出入杭州的门户。

钱塘江大桥由桥梁专家茅以升主持设计建造，1934年8月动工兴建，在1937年9月淞沪抗战的紧要关头建成通车（火车），通车当天就有大批军火物资经大桥运往前线。同年11月12日上海沦陷，难民南逃。为解决难民渡江问题，当时的浙江省政府顾不得敌机空袭，于11月17日清晨命令茅以升提前开通大桥公路桥面。大桥全面开通后，大批难民通过大桥撤离到江南，同时南撤的还有60多万军队。据说，如果没有钱塘江大桥，杭州城定有一场大的厮杀，因此这是一座为抗战而生的大桥。它也是为抗战而死的大桥，为了阻止日军南侵的铁蹄，南京国防部命令炸桥，12月23日下午5点，一声巨响，大桥被炸断。刚刚通车又被自己炸断，用茅以升自己的话说，"如亲手掐死亲儿子一般"，悲壮至极。其实，茅以升在设计之时就有预感，在不影响桥墩质量的同时，在关键点预留了安放炸药的位置。钱塘江大桥于抗战胜利后由茅以升主持修复，实现了当年立下的誓言，"抗战胜利，此桥必复"。我对钱塘江充满敬意，对茅以升充满敬意。

再回到六和塔，塔内有不少砖雕，内容有植物有动物，应该都有象征意义，但我不得其解。在不止一层塔的中央我看到顶上有彩绘，下面是白墙，我猜想，原来这墙肯定也是彩绘，后来被破坏了，就刷成了白色。如果事实真如此，希望这些彩绘能够被修复。

据记载，六和塔的后面是六和寺，先有寺后有塔，后来寺毁塔存。

现在六和塔的后边有《水浒传》中鲁智深和武松的石雕像。《水浒传》描述鲁智深擒方腊后，在八月十五子夜听到江上潮声雷响，以为是敌军的战鼓声，随手执禅杖出去迎战，六和寺众僧见状吃了一惊，问道："师傅为何如此，赶出何处去？"鲁智深道："洒家听得战鼓响，待要出去厮杀。"众僧都笑将起来，告诉他此乃钱塘江潮信响。鲁智深听了，心中大悟，拍掌笑道："俺师傅智真长老曾嘱咐洒家四句偈语：'逢夏而擒，遇腊而执，听潮而圆，见信而寂。'""逢夏而擒"意指活捉了夏侯成，"遇腊而执"即生擒方腊。鲁智深说道："今日正应了，听潮而圆，见信而寂'。俺想，既逢潮信，合当圆寂，洒家今必当圆寂。"遂吩咐烧汤，沐浴后换了一身御赐的僧衣，去法堂上，捉把禅杖在当中坐了……鲁智深在六和寺圆寂的消息被武松知道了，心想这六和塔的方外之地就是他这个名震天下的打虎英雄最后的归宿，遂在此地出家，成了真正的行者。

我认为武松是《水浒传》中最可爱的人物，他的故事最有传奇色彩，也最吸引人，他也是众多英雄里性格最符合一般读者心理的那种。多年前我曾在一期《文史知识》里看到一篇文章，文中赞美武松具有"林冲之勇、吴用之智、李逵之真"，评价非常之高。

《水浒传》中的人物为六和塔增添了传奇色彩，增添了英雄气概。

　　六和钟声在当地肯定很有名，其意义可能有多种美妙的解读，我也不能白来，那就撞撞钟，以祈求国泰民安、家人幸福。

2017年3月25日

济南菏泽行

2017年4月15日至18日，我与同事到菏泽出差，途径济南。时间虽短，但所见所感尚有值得记录处。

不同的赤霞广场

15日晚上我们一行住在济南英雄山路228号蓝海大饭店。我出差时觉更少，于是第二天早早起来，洗漱完毕，6点准时外出健身。问了一下酒店前台，得知附近没有专门的健身场所，那就沿马路走吧。出门右转一直往北，走了大约30分钟，突然马路东侧一片绿色铺天盖地闯进我的视野，这不是一座大山吗？再看还有一尊毛泽东的雕像高高矗立。我得仔细看看，或许那里就是我要找的健身场所。

紧挨马路的位置，也就是山脚下是一个大广场，名为赤霞广场。广场挺热闹，大多为中老年人，也有上小学四五年级的孩子，有跳健美操的，也有练剑的。最吸引我的是打陀螺的几位老人，他们都在60岁以上，有用软鞭的（没有鞭杆），也有用木杆鞭的。陀螺个头很大，比我小时候玩的大多了。几个陀螺同时快乐地转着，打陀螺的人并不着急，抽几鞭这个，再抽几鞭那个。可能是陀螺的质量太大，所以抽出的鞭子特别响。

我跃跃欲试，看着这个老哥挺面善，于是我对他说，我可以试试吗？老哥欣然同意。我拿起有杆儿的鞭子开始抽打，前几下没有抽准，更没有打出清脆的声响。抽了大约六七鞭，感觉找到了，每一鞭都打在陀螺的"要害处"，和几位老者打出的声音差不多。几位的鞭声交相呼应，响彻山下，也吸引了晨练者和路上行人的视线。我沉醉于这儿时的游戏中，有几分得意，更有几分时空倒转的感觉。

陀螺是它的学名，我小的时候都叫"尜儿"，每年冬天我都在冰上玩这个东西。那时农村孩子的玩具都是自己做，我做过两个：第一个稍大一点，是杨木的，"尜儿"的底部钉的是铁钉，还算不错，转起来很稳；第二个用的木头硬一点，也不知道是什么木头，我很用心，刀工很细，底部镶的是一粒小钢珠，做完后我自己很欣赏，打起来感觉也更好。记得那两个"尜儿"是我的心爱之物，保存了很长时间。打得差不多了，我谢过老哥，继续前进。

带着满足，我走出赤霞广场，回头一看，门口一块巨石上赫然写着"英雄山风景区"。上网一查，方知英雄山上有烈士陵园和济南战役纪念馆，英雄山因此而得名。

如此牡丹

我对牡丹花的印象基本来源于偶尔看到的画作，对真的牡丹却印象不深，此次菏泽之行我倒是实实在在地与牡丹亲密接触了一次，那就聊几句牡丹，算是对国花的一个交代。

17日一早我们来到曹州牡丹园，刚进大门，就见一个高高的含苞待放的红色牡丹造型的摆件傲然屹立，给人以热烈喜庆的感觉。往里走看到一个一个单元的牡丹，有的单元花的颜色是一样的，有的是不同颜色的组合。红牡丹热烈，白牡丹高洁，粉牡丹活泼，黄牡丹娇媚，绿牡丹可人，黑牡丹神秘。据说绿牡丹珍贵，黑牡丹则更为少见。我们漫步在园艺的小路上，行进在看花的人流中，欣赏品评这五颜六色的牡丹花，听着关于牡丹的传说，就算我这种对花没有太大兴趣的人，也有点飘飘欲仙了。

看过曹州牡丹园，我们又来到另一处牡丹园，这里的牡丹是大片大片的，场面更显壮观，气势更加宏大，让人有几分震撼。"唯有牡丹真国色，花开时节动京城"。如此形容，真不为过。

我们一边感受着眼前的美，一边来到花龄400多年的牡丹王前。这位"老者"已经对开花不感兴趣了，寥寥几朵，应付了事。其实我们这些赏花人也并非只求看它开花，更是看它的沧桑，看它历经几百年岁月的躯干，感受一份遥远岁月的情怀。我记住了，菏泽有这样一棵牡丹王，我们曾有一面之交。

看完园子里的牡丹，我们又来到田间。这里的牡丹是一大片，大概有20亩，花开得不热闹也不整齐，稀稀落落，各种颜色都有。据介绍，花农栽种的牡丹不是用来观赏的，而是成批地卖，每棵花因品种不同而价格不同，价高的近百元一棵。到菏泽采购牡丹的客户来自全国各地，洛阳牡丹也多出自这里。当地花农的经济收入也相当可观，我们参观的这一片花圃，一年纯利润能达到20万。除此之外，牡丹还有其他经济价值，它的根可加工成为"丹皮",是一种重要的药材;花粉中提取的牡丹花粉精是名贵的香料;牡丹花还可以酿制牡丹酒。牡丹经济无疑是菏泽社会发展的一个支撑点。

我经过查询得知,牡丹原生长在秦岭和陕北一带,隋代时北方大量种植,唐代盛植于长安,北宋盛植于洛阳,南宋时牡丹种植中心南移,四川的天彭牡丹继起,有"小洛阳"之称,之后又有亳州牡丹,再后来"亳州寂寥,而盛事悉归曹州"。明代,曹州牡丹甲于海内,而曹州就是现在的菏泽。菏泽还是目前我国最大的牡丹观赏基地、科研基地和生产出口基地,是名副其实的牡丹之乡。

此次菏泽之行亦可称牡丹之行,行之甚美。

2017年4月27日

聚会感言

——高中同学聚会发言

老师好！同学们好！

很荣幸有这个机会！面对尊敬的尹老师、面对虽然一脸皱纹但仍有一颗火热心的老同学，我心中有千言万语，但是我不能占用太多的时间，因为大家都有话要说。

今天我有了一个较靠前的发言机会，要感谢组织者闫振军和朱年林！

这次聚会的由来

一年多以前，张国学把我加入76届一班的微信群，我与杜国庆还聊了一会，没几天我就想，为什么我们班不能建一个群呢?我与张国学说了我的想法并请他帮助，我也与王淑萍沟通过，在张国学、王淑萍、杜艳玲、房春英、杨国琴、闫振军、朱年林等同学的共同努力下，我们76届2班的微信群逐步扩大，至今已有20多人。

　　同样，聚会也是受一班的启发，得知一班聚会的消息，我们几位早入群的同学进行了沟通，大家想法一致，就是我们也要搞聚会。此时，大家的心情可用宋丹丹小品中的一句话形容：那是相当期待。确定聚会后，大家做了很多工作，主要是与各位同学进行联系。因为大家的共同努力，我们才有了这次团聚。

　　在此，我要代表我们全体感谢一个人，他就是一班的张国学，没有国学的示范导向作用，我们的微信群就不会建立得那么及时，聚会也不会这么早实现。

珍惜和梦想

　　在人生路上，我们虽然没有经历千难万险、没有轰轰烈烈，但我们是在特殊的社会环境中长大的，从这个意义上说，我们的人生又多了一份顽强和厚重。我们不怕困难，我们都有积极乐观的人生态度，我们都有自己谋生的方式，也都建立了稳定的家庭，最重要的是，我们大多数人都还健康。所以，我们要珍惜当下，珍惜未来。

　　我们要强身健体，调整好心态，过好即将到来的晚年生活，争取游遍祖国的大好河山，甚至周游世界。希望人生的这抹晚霞更灿烂！

　　为了助兴，最后我想用一首去年写的小诗来结束我的发言。

四十年前，
我们青春热血，
而又前程茫然。

因为那个年月，
世道一片混乱。

四十年间，
我们风雨兼程，
不乏涉险过关。
用勤劳和智慧，
紧跟时代变迁。

四十年后，
我们翘首回望，
感慨人生短暂。
成功还是失败，
均已风轻云淡。

再过四十年，
差不多一百岁，
我们彼此相见。
是一些"老树皮"，
还是鹤发童颜。

谢谢大家！

2017年7月28日

秦皇岛印象

在中国，秦皇岛应该算有点名气的地方，这可能与山海关有关，可能与中国历史上第一个皇帝秦始皇有关，可能与疗养胜地北戴河有关，也可能与毛泽东的《浪淘沙·北戴河》有关。几十年间我曾多次乘火车路过秦皇岛，在停车时下来买过吃的，活动一下筋骨，对这座城市的印象非常肤浅。

去秦皇岛看看是我多年的愿望，我向往的主要是山海关及毛泽东临海赋诗的北戴河，想感受一下万里长城起点的雄浑和一代伟人怀古思今之幽情。为了此行多一点文化色彩，我在出发前特意把毛泽东《浪淘沙·北戴河》提及的"魏武"，即曹操的《观沧海》又背了几遍，期待到时与真实场景有更强烈的共鸣。

秦皇岛还是我军校同学姜兴义生活和工作的地方，他转业之后与我是同行，平时常有电话交流。他多次邀我前往，我也几次打算前往，可始终未能成行。记得2009年冬天我到东北出差，最后一站是锦州，当时我给他打电话，说我们准备从锦州经秦皇岛回青岛，见面的时间近在咫尺。

2018年6月27日中午，我乘坐的飞机降落在北戴河机场，降落后我乘上机场大巴前往市区。至此，秦皇岛的真容才渐渐展现在我的面前。

我们的第一站是鸽子窝，战友说这是毛主席《浪淘沙·北戴河》中的场景，也是秦皇岛最著名的景区之一。想想马上就要看到最想参观的景点，我十分期待。可当我们在停车场刚停下车就被告知，鸽子窝景区正在维修不开放，远望毛泽东雕像却不得近前，不能实地感受一代伟人的豪迈气概和诗人情怀，遗憾顿生，这也可能成为我再游秦皇岛的最重要理由。

第二个看点是北戴河海滨。这里和青岛海滨差不多：长而弯的海岸线、灵动的绿化带、辽阔的沙滩、漂亮的石头、成百上千的游人和烤人的热浪。与青岛不同的是，这个海滨有一处颇显规模的海神庙，据说是当地乡民祈求出海平安、风调雨顺的场所。

老龙头景区的澄海楼很壮观，但我没有时间进去看看，据说楼上有康熙、乾隆及众多文人的咏楼诗作的卧碑。它是整个景区的制高点，登临此楼极目远望，方见海天一色、万顷波涛，最宜抒发豪情壮志、家国情怀。在澄海楼南面有一块"天开海岳"石碑，传说是唐代名将薛仁贵当年东征高丽时所立。导游介绍说，"天开海岳"四个字的意思是，老龙头海山美景天造地设，是大自然的赐予。传说1900年八国联军侵占老龙头后，看见石碑傲然矗立，很不舒服，于是用几匹马把它拉倒了，可是从那天晚上开始，每天都有英国士兵不知去向，如此几夜，英国官兵害怕了，不得不恭恭敬敬地把这块碑重新树立起来。另一说法是，1927年，张学良到老龙头游泳，发现了这块石碑，才命人将石碑重新树立起来。我判断后一种说法较为可信。

由于时间关系，我不能跟随导游听更多的讲解，其中的故事也只能从网上查看。这里的景观除个别物件外几乎都是重建的，从文化古迹层面来说没有什么价值。这里让我印象深刻的是明代著名将军戚继光、徐达等人抵御外族入侵的事迹，他们应是老龙头永远的主角。

秦始皇求仙处是一处根据《史记》记载而建造的景观。一进大门便是"千古一帝"秦始皇出行仪仗群雕，显示了他至高无上的地位。往海边是一路下坡，接近海边的位置建有秦始皇手捧酒樽面向大海的雕像，表现一代君主渴望长生不老的愿望。

山海关建于明洪武十四年（1381），因其北依燕山，南临渤海，故名山海关。山海关实际是一座城，城墙周长4000米，与长城相连，以城为关，有四座主要城门。山海关最著名、最有代表性的是面对东方挂有"天下第一关"牌匾的箭楼（城门）。走近箭楼，第一感觉是雄伟，真可谓气势磅礴、威风凛凛，大有"一夫当关，万夫莫开"之势。"天下第一关"几个大字非常苍劲有力，据说书写者是两榜进士出身、曾任过福建按察司佥事的萧显。不过，匾上有两个错字："天"写成了上横长下横短，"第"写成了草头。至于为什么这样写，众说纷纭。

箭楼外最近处是瓮城，瓮城是御敌的第三道防线，瓮城有"瓮中捉鳖"之意，但我想，一旦敌人突破了前两道防御，瓮城还能起多大作用呢？而事实也确实如此，明代苦心经营的长城、山海关终究挡不住八旗铁骑，城破门开，威严全无。真正的长城应该是人心、是军心、是战斗力。清朝前几任皇帝深知这一道理，所以他们要在长城之外建皇家园林，在塞外弯弓搭箭、纵马围猎，他们建的是"心理长城"。

最后一个景点是孟姜女庙。孟姜女庙也叫女贞祠，始建于宋代以前，明万历年间重修。要拜见庙的主人，必先攀上108级台阶，其象征意义不言而喻。当你气喘吁吁感叹一路艰辛，眼前的一副对联会叫你立刻陷入文人布下的"迷魂阵"：海水朝朝朝朝朝朝落，浮云长长长长长长长消。在这里，汉字的一字多音、一字多义和谐音会让你感到妙趣横生。

1992年秦皇岛市山海关区政府根据孟姜女的传说，在孟姜女庙北侧修建了大型文化园林孟姜女苑，苑内以泥塑的形式，演绎了孟姜女从出生到与范杞良喜结连理，再到千里寻夫哭倒长城，最后斥责秦始皇纵身跳海的悲情故事。此处景点是依据民间故事而建造的，没有帝王将相、金戈铁马的气魄，也没有文人墨客的逸闻轶事，表达的是纯粹的民间感情，是人们对善良正义的肯定和赞美，对邪恶的否定和批判。民心永远是向善的，任何时代都是如此，任何力量都阻止不了。

一天半，匆匆来，匆匆离去，走马观花看秦皇岛。希望再次与它相约，慢慢看，细细品。

2018年7月23日

难忘承德

多年前我读余秋雨先生的文化散文《一个王朝的背影》（再版时改名《山庄里的背影》），对承德避暑山庄和木兰围场有了初步的印象，也是从那时开始我想去承德了，想看看那个皇家园林是怎样的气派，看看那个塞外围场是怎样的苍茫，体会一下那里究竟能带给我什么。我等了十几年，终于等来了机会，单位安排调休几天，再加上周六周日，行程就这么确定了。2018年6月29日中午，我由秦皇岛乘大巴到了承德，开始了我的美妙之旅。

本次旅游我没有跟团，来回旅程自主决定，只是到了目的地再加入当地散客团。其实哪种方式都有利弊，没有绝对好也没有绝对不好。我刚下车就有一位中年妇女热情搭讪，向我推荐宾馆，并称可以组团到避暑山庄和木兰围场游览，我也正好想解决这两个问题，所以一拍即合，我住进了她介绍的位于承德市中心的圣桥宾馆，并顺利签下第二天（6月30日）去木兰围场游玩的合同，一共388元，包括来回大巴、导游讲解、一晚住宿、两顿中餐和一顿早餐，不算贵。

初访那个王朝

按时间顺序，我先说说当天下午游览的情况。首先是普宁寺。普宁寺是我国北方最大的藏传佛教寺院，始建于乾隆二十年（1755），是乾隆皇帝先后两次出兵平定准噶尔部达瓦齐和阿睦尔撒纳叛乱后，为纪念胜利，仿西藏第一座佛教寺庙桑耶寺而建。寺内主体建筑大乘之阁内供奉着世界上最高的金漆木雕千手千眼观世音大佛，因此普宁寺也叫大佛寺。面对大佛，我感到自己无比渺小，只有仰望才能一览大佛的真容，让人不自觉地屏住呼吸，心生景仰。

避暑山庄又名"承德离宫"或"热河行宫"，始建于康熙四十二年（1703），历经康熙、雍正、乾隆三朝，耗时89年建成。避暑山庄取自然山水之本色，吸收江南塞北之风光，是中国现存占地面积最大的古代帝王宫苑，相当于北京颐和园面积的两倍。清政府为加强对蒙古地方的管理，巩固北部边疆，在距承德约350千米的蒙古草原建立了木兰围场。每年秋天，皇帝会带领王公大臣、八旗军队，乃至后宫妃嫔、皇族子孙等数万人前往木兰围场狩猎。为解决沿途之吃住问题，清廷在北京与木兰围场之间相继修建行宫21座，承德避暑山庄就是其中之一。

康熙、乾隆皇帝每年大约有半年时间要在避暑山庄度过，处理军政大事，因此，承德避暑山庄也成了北京以外的第二个政治中心。余秋雨先生在《山庄里的背影》中写道："山庄的营造，完全出自一代政治家在精神上的强健……把复杂的政治目的转化为一片幽静闲适的园林，一圈香火缭绕的寺庙，这不能不说是康熙的大本事。"那天下午，我跟随导游一边走、一边看，走得急，看得马虎；听得不少，记住的不多。楠木殿是避暑山庄的正殿，也是皇帝处理朝政和举行重大庆典的地方，殿堂正中悬挂着康熙皇帝亲笔题写的"澹泊敬诚"匾额。在避暑山庄的修建过程中，康熙皇帝也以"不彩不绘，茅茨不剪"作为指导思想，严于律己，精诚敬业，以保大清江山更为稳固。

雍正并未来过避暑山庄，据说他很勤政，无暇到这里休闲。乾隆皇帝文韬武略，又喜好园林山庄，自然多次来此。嘉庆皇帝面对祖先们那些意得志满的诗作倍感"瞻题蕴精奥，守位重仔肩"，最后稀里糊涂死在山庄里。道光皇帝没有什么作为，满朝文武的一身破衣服已经预示清朝气数殆尽，他没有到过避暑山庄。到了咸丰皇帝倒是有了故事，不过是让人倍感耻辱的故事。1856年，第二次鸦片战争爆发，1860年9月，英法联军由天津登陆，逼近北京，咸丰皇帝急忙带着皇后钮祜禄氏（即慈安太后）和懿贵妃叶赫那拉氏（即慈禧太后）及亲信逃到热河避暑山庄，由恭亲王奕訢留下来向侵略者求和。奕訢费尽周折，最后签订了丧权辱国的《北京条约》，这个条约签订不久咸丰皇帝就死在避暑山庄。此后的避暑山庄随着清朝的没落，渐渐变得荒草萋萋，老墙斑驳，大门紧闭了。一个王朝就这么暗淡地收场了。

游览过程中天空突起乌云，再后来雷声阵阵，雨点噼里啪啦落下，雨中的我们也只好草草结束行程。对一个朝代历史的初访就这么不成功地结束了，真遗憾！

他们有资格被后世朝拜

此行的初衷是好好看看避暑山庄，实地感受一下余秋雨先生对山庄精彩的描写和点评，参观木兰围场是排在第二位的，这种想法一直持续到从承德前往木兰围场的路上。当我们乘坐的旅游大巴逐渐爬高，公路两侧呈现一片苍茫绿色、导游娓娓道来伟大的塞罕坝（在木兰围场内，面积比木兰围场小）精神的时候，我顿时感觉冥冥之中木兰围场才是我此行的终极目的地。我通过导游介绍得知：现在大家看到的森林都是人工栽种的，这里曾是一片一片的原始森林和天然草场，也是清朝皇室跑马围猎、练兵演武、纵情娱乐的地方。可到了清朝末期，这块广袤的皇家猎场禁地逐步放围开垦，森林资源逐日遭到严重破坏，整个围场满目荒凉，风沙漫天。之后，是日本侵略者毁灭式的砍伐。因此，木兰围场原来的青山绿水和秀美景色荡然无存。

1962年这里成立了机械化林场，经过几代林业工人的矢志不渝、风餐露宿，爬雪卧冰、科学育林，大片绿洲、千里松林才回到这片险些被抛弃的土地上。现在这里森林面积约110万亩，是中国最大的人造森林，另有草场20万亩，蔚为大观。如今的塞罕坝绝对称得上"水的源头、云的故乡、花的世界、林的海洋"。不仅如此，塞罕坝对于京津冀地区有效控制风沙，贡献巨大，俨然就是一道天然屏障，大大提升了这些地区的环境质量，是名副其实的"守护神"。

塞罕坝是个奇迹，是无数劳动者用辛勤的劳动创造的，它是敢于牺牲精神、乐于奉献、坚定的意志品质熔铸的伟大奇观。曾有人说英雄创造历史，也有人说人民群众创造历史，对于两种说法，过去我认为都有一定道理。但是，当我看了塞罕坝，我会毫不犹豫地说：是人民群众创造历史。他们每一个个体可能不是大智大勇的大人物，而他们一旦组成一个群体、一个意志坚如钢铁的群体，他们就是英雄中的英雄，什么奇迹都可以创造出来。这些普通劳动者把荒漠变成这无边无际的大森林，这份成就功在当代、利在千秋，这份伟大的贡献与日月同辉，与天地共存。

风景这边独好

感叹过塞罕坝精神，还得回到我最感兴趣的几个景点上。

进入乌兰布统草原，第一个停车点是一群马吃草的地方，后来才知道那吃草的马是红山军马场的。那一片草原没什么特别，特别之处是马群，这里有二十几匹马，颜色有红色、浅红色、黑色、黄色，有成年马，也有小马驹，它们各自吃草，但是相互的距离却很近，基本保持了一个团队的阵型。那几匹小马驹时而撒欢跳跃，时而紧贴母马。草原、马群与游人就像一幅动感的山水画，我尽情地拍照，与草原同呼吸，与马群共逍遥。

康熙二十九年（1690），康熙出兵乌兰布统，平息噶尔丹叛乱。康熙皇帝之兄裕亲王福全从古北口经热河上塞罕坝，行至吐力根河处，在此安营扎寨，时称十二座联营。其实所谓的遗迹也只是眼前的几道土埂，如果没有石碑和标识牌提示，肉眼已经很难辨别。如果想感受一下昔日的中军大帐、战马嘶鸣、铠甲弯弓，只有站在此处，面对模糊的痕迹想象再想象。这里还是电视剧《康熙王朝》的取景点，有拍摄时搭建的高脚

木屋，算是对这处历史遗迹的拾遗补阙吧。

离开十二座联营遗址，我们看到一条南北短、东西长的所谓沼泽，沼泽面积不大，如果不深入进去是看不到水的。别看它现在这般模样，这里曾经也是水草丰茂、名副其实的沼泽。我们一行的重头戏就在这个沼泽地边上开始了，先是穿蒙古袍拍照，花花绿绿的衣服任你挑选，男士们不积极，女士们则要认真得多，她们挑选着自己喜欢的蒙古袍，然后各种姿势拍个不停，真是美翻了天。有一位70多岁的老太太身穿蒙古袍，随着音乐在草地上翩翩起舞，旁边的老伴用很专业的相机给她拍照，此时这位老太太俨然就是明星，这对老夫妻就是一对"黄金搭档"。大约20分钟后，车队领队给所有游人献哈达、敬酒，我们一字排开，一一虔诚地接过哈达并喝下一口大清猎酒。雪白的哈达，浓浓的酒，还有浓浓的情，我们这些游客真的有些醉意了。那就跳吧，随着乌兰图雅的歌声，这些相互连姓名都不知道的游客手拉手围成一个圆圈，跳起了锅庄舞。天地悠悠，草原真是让人着迷，让人眷恋！

　　我看过长白山的白桦林，那里的白桦树都是一棵一棵独自生长，而这里的白桦树是一簇一簇地长，就像灌木的长法。不仅如此，这里的白桦树还特别高大茂盛，给人以特别的视觉冲击力。白桦的树干洁白，再加上那布局均匀的"黑眼睛"，给人以灵性十足、气韵不凡的感觉。一些游客陶醉于眼前白桦林壮美的气势，纷纷走进树林，抚摸着树干拍照、录像。白桦林的一旁是一座不高的绿色山丘，山丘没什么特别之处，可很多游人还是不放过，似乎把爬上这小山丘视为必须完成的任务，就连几位70多岁的老人也毫不示弱地登顶远眺。这一眺还真有收获，起伏的丘陵草原把美丽延伸到天际，繁茂的白桦林成为蓝天白云下的一抹深绿。

　　塞外的清早真凉爽，感觉不会超过15度，好像要尽量弥补一下白天高温给人们带来的烦恼。我早早起来，在旅馆大院围墙处拍了一会儿日出。那里的日出别有韵味，天空好像压得很低，缓缓升起的太阳沾满了露水和清凉，这应该是塞罕坝独有的日出，真要感谢导游的特别提醒。

　　走出旅馆大院后我一路向东，迎着刚刚升起的太阳，呼吸着草原湿润的空气，情不自禁地在刚修好的柏油马路上慢跑。在塞北草原深处，一个人独享那么新、那么长的马路，着实是很美妙的体验。跑了一会儿，我开始往回跑，一路向西，脚下生风。一只小鸟在马路边觅食，我停下脚步，用口哨与它交流，小鸟不太认可，有点惊慌，又好像故意试探来自远方的"不速之客"，飞飞停停，离我不远不近。它不愿意与我交流，那就算了，我继续向西，然后向北。我想来一个百米冲刺，那就冲吧，体能完全没问题。无意间我听到不远处那一片树林传来一片鸟叫，没有间歇停顿，那是我有生以来听到的最为震撼的鸟的合唱。我急停脚步，拿出手机录下了这美妙的一刻。公路旁是一条小河，河上还有一座小桥，小桥上有"御封桥"三个红字。这里的景观很多都带有皇家印记，可见其影响之深远。

7月1日，我们吃完早餐，不到7点就来到了一个叫七星湖的公园，还没进门就看到一块大牌子，上面是对这个公园的介绍。公园的全称是七星湖假鼠妇草湿地公园，它集森林、草原、沼泽和湖为一体，有广泛分布的观赏植物假鼠妇草、萍蓬草、睡莲、金莲花和狼毒花。进入公园，首先映入眼帘的是一片广袤的湿地，周围有小湖泊、高脚木屋和木栈道，远处是浓绿的森林，再加上一尘不染的空气，自然和少许的人工痕迹有机结合，令人赏心悦目。

木栈道穿行在沼泽地中，虽然几乎看不到水，可走起路来也得小心别掉下去。走在这别人为我们辛辛苦苦铺好的路上，我竟然也有一点征服自然后的自豪：塞外的湿地曾是天高路远、人迹罕至，可现在已经不是遥不可及，此时的我，一个来自远方的客人就行走在上面。为了看更多的景致，也是因为心情异常愉悦，更是想证明一下自己健康的体魄，我改快走为跑步，100米、200米……直到前方有一条黄狗挡路我才放慢脚步。狗的主人应该是在眼前的摇光湖垂钓的人，他钓了几条不大的鱼，估计这里也没有大鱼钓。钓鱼的乐趣不在于鱼的大小和多少，而是一种闲适的心情。

走了一会儿回头路，我继续沿木栈道绕湿地行走，沿途几次被这里的辽阔、苍茫所征服，几次停下拍摄美景。前面是一片树林，树林里有一片花，是狼毒花。狼毒花远看并不起眼，更谈不上震撼，而如果单独看还真漂亮，花朵圆圆的，雪白的大圆之中有一个粉红色的圆心，据说这种花有毒性，可入药。转过来向北的木栈道有栏杆，可能是这里的沼泽更危险。最后吸引我眼球的是七星湖，因其造型像北斗七星而得名。由于有几片透明的湖水、茂盛的假鼠妇草、造型别致的小桥、方亭，还有交错的观景台、曲折的栏杆，再加上远处森林的衬托，一眼望去，你真的会疑惑，这是天上还是人间？

　　小时候在东北农村老家，有几个冬天，我们几个十来岁的半大小子经常结伴到那时生产队的场院里玩儿（场院是堆放粮食、谷草、喂马草和农民给成熟的庄稼脱粒的地方），原因之一是那里有一匹散放着眼神不好的大青马和几匹比较老实的母马可骑。我们经常轮流骑一匹马，可我的表现总是不好，刚跑几步就被颠了下来，最终也没学会。骑马是此次旅游的一个项目，自愿报名，100元骑一次，超时再加钱。尽管我不会骑马，但我很向往，所以毫不犹豫地报了名。马的主人告诉我，马很老实，只管放心骑，并帮我跨上他的银鬃红马。马主人一边帮我牵马，一边提示我，只要随着马的节奏就行。尽管我不是那么自如，但感觉还不错。想想自己都是快60岁的人了，还可以在草原策马，也挺满足的。

　　说话间，100元的路走完了，我没过瘾，马的主人也不过瘾。我是没骑够，他是没挣够钱，于是两个没过瘾的老男人就又成交了，我再单独骑一会儿，再给他加100元。按照马主人的提示，我手握缰绳，用脚蹬不停地敲打马肚子，希望它跑起来，可这银鬃马似乎不是很配合，就是不跑。想想也别怪马，在那么松软的沙土地上跑该有多累呀。转眼间又到了终点，我真有点恋恋不舍，那就拍几张"剧照"吧，于是有了马主人为我拍下的几张洋洋得意的特写。200元，真值！下次来还得骑，不管远近，得跑上一段。还得补充一句，那是一匹比较高大帅气的银鬃红马，马蹄"踏雪"（白蹄），脑门正中到鼻孔还有一条白带。

骑完马我来到百花坡，顾名思义，就是一块百花盛开的坡地，植被相当不错。它之所以被作为景点向游客推荐，可能是因为这里是拍摄电视连续剧《还珠格格》的外景地之一。导游介绍，因为这个电视剧当年大红大紫，几个演员也因此走红，所以这个百花坡也就有了名。我没有随着人流往坡上走，因为我没有为那个电视剧着迷，不想寻找什么记忆。

月亮湖像一面圆镜子镶在塞外茫茫草原和森林之中，它与美艳的百花坡为邻，有水鸟栖息，有伸进湖中的亭台栈道，有游船。可惜这湖已近干涸，灵动和生机就像湖中的水蒸发殆尽，留给游人的只是昔日的"盛世芳华"。离月亮湖岸边不远的地方树立着一个大广告牌，是电视剧《还珠格格》的剧照，漂亮的"小燕子"和"紫薇"正向游客挥手致意！

目前，央视一套黄金时间正在播放电视连续剧《最美的青春》，讲的是20世纪60年代开始的塞罕坝植树造林的故事。故事刚开始，一群热血青年在沙漠中艰难跋涉，题材很有意义。我因为刚从那里回来，所以看兴甚浓。

2018年8月9日

久仰河南

河南是山东的邻省，又是中华文化的重要发源地，那里闪耀着甲骨文的灵光，走出了先哲老子，养育了写出"安得广厦千万间，大庇天下寒士俱欢颜"的大诗人杜甫……所以，河南是一个人杰地灵的地方。探访河南一直是我的一个心愿，2018年11月25日至29日，我终于来到了这片土地。尽管时间短暂，只到了少林寺、龙门石窟、云台山和开封，但我亲近了这里的山、这里的水，浏览了古代文明的精髓。按照惯例，我当以语言形式记录此次旅行的所观所感，以示纪念。

感慨龙门石窟

龙门石窟开凿于北魏从大同迁都洛阳前后，期间在位的是北魏最有名的、也是中国历史上少有的雄才大略的皇帝拓跋宏。494年，他以南伐为名迁都洛阳，甘愿以一个征服者的身份在文化上归附于中原文明，全面改革鲜卑旧俗。他规定以汉服代替鲜卑服，以汉语代替鲜卑语，改鲜卑姓为汉姓，鼓励鲜卑贵族与汉士族联姻，从而使鲜卑的经济、文化、社会、政治、军事水平大大提升，促进了民族的融合发展。此时佛教盛行于中华大地，晚唐诗人杜牧有诗云，"南朝四百八十寺，多少楼台烟雨中"，南朝如此，同时期的北朝亦如此。

石窟主要位于洛阳市洛龙区伊河西岸的龙门山上，伊河东岸的香山也有，但比较少，因为东岸面西，西北风劲吹，因此风化严重。石窟历经北魏、北齐、唐、五代十国等朝代更迭，"工期"达400余年。石窟南北长约1千米，窟龛2345个，造像10万余尊。奉先寺是龙门石窟中规模最大、造像最为精湛的一组摩崖型群雕，因为它隶属于当时的皇家寺院奉先寺而得

名。此窟开凿于唐高宗初年，咸亨三年（672）武则天赞助两万贯钱修建，上元二年（675）完工，长宽各30余米，洞中佛像明显体现了唐代佛像的艺术特点，面型丰腴，体态圆满。中间主佛为卢舍那（佛经上是光明普照的意思）大佛，为释迦牟尼的报身佛（报身是佛修行圆满、大彻大悟的表现）。这尊佛像通高17.14米，头高4米，耳朵长1.9米，佛像丰满圆润，双眉弯如新月，一双秀目微微凝视下方。整尊佛像宛如一位睿智而慈祥的女性，令人敬而不惧。奉先寺大型艺术群雕以极其宏大的规模、精湛的雕刻技艺高居于中国石刻艺术的巅峰，成为中国石刻艺术的典范，也是唐朝的象征之一。

先人创造了伟大的龙门石窟雕刻艺术，令后世敬仰；可伟大的艺术作品并没有完好地保存下来，又令后世扼腕。一路观赏，映入眼帘的很多窟龛没有佛像，空空如也，也有很多窟龛佛像残缺不全，还有一个名为"火烧洞"的洞窟，烟熏火燎的痕迹依稀可见。导游说，这主要是八国联军入侵中国时破坏的，也有我们自己破坏的。我一路游览一路气愤，心中满是疑惑，究竟是出于什么心态，让他们破坏这伟大的艺术。

后来查阅资料得知，龙门石窟遭到毁坏的原因除自然风化外，还有人为和战乱两种情况。我认为战乱也是人为。

清末到民国初年出现了前所未有的偷盗行为，偷盗者为了钱而不惜毁坏千年文明。1930年到1940年，龙门石窟又经历了一场疯狂的盗凿，此时的盗凿主体是日本和美国士兵，他们将许多头像碑刻等珍贵文物偷盗后转卖给外国收藏家。除此之外，民国政府为从南京迁都洛阳修建龙门西山下道路时，也大量炸掉佛龛，真令人痛心。

龙门石窟多灾多难，虽然还保留了一些余韵，但还是千疮百孔，后人没有保护好这些瑰宝，真是惭愧！

云台山漫游　美哉红石峡

这些年我听到的有关云台山的信息不少，主要是来自电视里的广告和去过那里的同事介绍，各路信息无不赞美云台山、赞美红石峡，至于美在何处，央视的一句广告词最有代表性："云台山，峡谷奇观。"

百闻不如一见，2018年11月27日10点多，我们乘坐的旅游大巴停在了一块刻有"红石峡"字样的巨石旁，这里就是红石峡的入口处。导游说，红石峡有大约2000米长，约60米深，游览完需要2个小时。

顺着人流，我带着期盼的心情来到了峡口。果然名不虚传，我进入了梦幻世界。脚下是起伏的台阶，举头是一线蓝天，蓝天下高耸的峭壁相视而不相亲，暗红的石头层层叠叠，造型随意潇洒、竞秀媲美。往下看，一泓流水蜿蜒曲折，一路歌声、一路招摇，河水遇到宽阔的地方就会缓慢下来，稍做调整再快速前进，流着流着就一头扎进湛蓝的湖泊，那是它休息的地方，此时河水立刻像淑女一样安静，静静地等待游人停下脚步欣赏、赞美、拍照。此时切忌漫不经心，否则会"头破血流"，因为你走的路可能突然变为洞穴或突然收窄变矮。

从洞穴中走出来，你方可继续欣赏山谷中的流水。对，还是那一泓水，现在又变成瀑布，发出轰鸣声，然后又载着浪花飞奔而去。峡谷尽头挂着一个较高的瀑布，有三四十米，不宽也不窄，用恢宏的气势和轰鸣声招呼着游人。如果你想与它亲密接触还真不容易，为了安全，一道栏杆横在你面前，不免有些遗憾。那就靠在栏杆上拍一张瀑布照，算是与君相约红石峡。

据导游介绍，红石峡有一很高的瀑布，但平时深藏不露，游人看不到它的芳容。不过如有强降水，瀑布也会不期而至，尽显其宏伟壮阔的超凡气韵。

红色的石头，多彩多姿的水，伟岸的峭壁，深邃的峡谷，蓝蓝的天，和谐的人工雕琢，再加上快乐的人们，构成了一幅美妙的画卷。红石峡，果然名不虚传。

韵味小寨沟

小寨沟，又名潭瀑峡，此名与九寨沟相对，能与九寨沟比较那一定也有不凡之处。我们沿着栈道一边走一边看，时值冬日，草木干枯，色彩黯然，但游客还是被好奇和快乐驱使，不停地追逐每一处美。美在哪里？就在脚下，就在眼前。不知不觉中，一阵阵的轰鸣由远及近，直觉告诉我，瀑布就要到了。

眼前的瀑布不高也不宽，说不上壮观，但因为是三层叠加，又是双瀑齐下，韵味儿也就出来了，远远望去，一幅高山流水图扑面而来，沁人心脾。此瀑布名情人瀑，两条瀑布相吸相融，如情人耳鬓厮磨、窃窃私语。再前行就到了丫字瀑布了，两股水流相约，在落地时交汇融合，然后再合力倾泻，一头钻进碧水清清的丫瀑潭，颜色由白变蓝，由动而静。冬日里的北方深山中竟能看到如此美的瀑布，真乃幸事。我情不自禁地大呼：我——来——了！

再往前走还是水，名唤"不老泉"，山体上一丛绿色掩映下，一根竹管引出清泉，游人在栈道上可以鞠一捧、喝一口，清凉甘甜，洗把脸精神倍儿爽。这里的石头虽没有红石峡的色彩多变，但也别具特色。沟底的巨石被水打磨得或扁平或圆润，它们随性放纵，丝毫不在乎两岸峭壁的高耸，也不在乎一路欢歌的水流。

"唐王试剑石"是一块高大宽阔、立面平整的巨石，中间有一条直缝，如同有人手起剑落劈开一般。传说唐王李世民在讨伐刘武周时，"竹林七贤"之一向秀的后代向李世民献宝剑，名曰"嵇康剑"，李世民持此剑向这块青石连劈两下，就成了现在这个样子。还有一"卧虎"在水帘洞旁休息，它对游人的欣赏拍照毫不理会。传说此"虎"乃药王孙思邈的坐骑，药王走了，虎留下来守山，这一守就是1300多年。再往前走是一面绝壁，三面环山，一面敞口，整个山势呈U型，故名"U型谷"。在这里举头仰望，U型的山括出了一片U型的天。

冬日的小寨沟虽也风姿绰约、韵味十足，但却不是它最美的时候。因为，此时水不多，瀑布失去了壮阔，潭水失去了深邃。此时的绿也少，只能作为水的陪衬，默默地期待着春天。

清明上河园

清明上河图是北宋宫廷画师张择端创作的，作品通过对各色人物、各种动物及车、桥、船只、房屋、城楼惟妙惟肖的描绘，展现了北宋时期汴京（今河南省开封市）的市井风情，画中既有太平盛事的繁华景象，又有凄凉落魄的社会沉疴，繁华与破败、光明与暗淡并存，是一幅带有忧患意识的"盛世危图"。此画作具有很高的历史价值和艺术价值，也正因如此，它命运多舛，几经劫难，其经历足可以写出一部传奇。

清明上河图不但是北宋社会的缩影，也是珍贵的国宝级文物，开封以此为骄傲，所以投巨资建造了清明上河园。据介绍，园区水面180亩，古船50多艘，房屋400余间，景观建筑面积30000多平方米，形成了中原地区最大的复原宋代建筑。

走进此园，首先看到的是清明上河图的作者张择端手捧画卷的巨型石雕像，看到这位面容谦和的艺术家，顿感一股文化气息扑面而来，那就让我走进他的画卷，切身感受一下汴京的万种风情吧。

再往前走是一个杂技表演区，周围的看台已经坐满了人，仔细观察，观众大多是高中生，原来是学校组织集体活动。我站在看台的后面，只能从人缝中看舞台的表演。在观众的期待中，一个胖乎乎的30多岁的主持人说话了，先是开场白，再后来是介绍第一个节目。接着是一个更年轻的小伙子登台，他表演的是长鞭，鞭绳又粗又长，盘在地上就像一条巨蟒，还没有看清他的动作，只听"啪""啪""啪"三声巨响，声声余音绕梁。紧接着，一个少年双臂前伸，双手展开一张纸，主持人念念有词，持鞭人鞭起纸裂；少年继续展开一张纸的二分之一，再一鞭，随着清脆的响声，纸又被切成两片，如此反复，最后的纸片也仅有几厘米宽，主持人提醒看客，这一鞭千万不能眨眼，绝活就看这最后一下了。说时迟那时快，纸片正中又被劈开，少年安然无恙。掌声响起，施鞭者抱拳施礼。

最惊险的要数劈斧头，主持人渲染一番后，便从大胆的观众中选一人做"靶子"，让其成大字形贴站在一块厚木板前，然后自己手持利斧，在距靶子五六米的地方佯装抛出又收住。各位看客，前面的是卖关子，好戏在后头。此时真正的"靶子"上来了，只见他不慌不忙地贴站在木板前，一副安然自若的神态。主持人大声提示观众，精彩时刻来了，说完一斧飞去，不偏不倚，正好砍在"靶子"腋窝下的木板上。一斧不见功力，再来一下，这一斧更吓人。且慢！来不及了，主持人手中的斧头已经在空中翻了几个筋斗直奔目标，牢牢扎在木板上。幸好没有伤到那位"靶子"兄，否则就出大事了。干什么都不容易，走江湖卖艺也不是万无一失，一旦失手人命关天啊。

我路经一个擂台，一个年轻人正在台上独自表演刀术，闪转腾挪，银光闪耀，好不英武。看样子，这只不过是个垫场，好戏还在后头，可惜我没有更多时间停留在这里。那就继续走吧，看看有没有更吸引眼球的节目。

顺着人流继续前行，路经一片水域，水面上有木板搭起的平台，毫无疑问是用于表演的，电子广告牌证实了我的想法，此片水域正是入夜后上演《大宋·东京梦华》的地方。剧本由经典的八首宋词串联而成，演出借宋词的意境渐次展开，阳春白春与下里巴人共同交织出美妙的乐曲。不过我今天无缘欣赏了，待来日得闲，定与大宋同欢。

本来以为这清明上河园快走完了，光景也看得差不多了，可走过一段小路之后，眼前的景象又让我眼睛一亮，可谓柳暗花明。这是一个比足球场还大的长方形沙地，北面有擂台，擂台之上有大大的"校场"两个字。我看明白了，这是个比武的地方，台上比拳脚，台下比马上功夫。看台在"校场"东西两侧，我在西看台最南端找了一个站位。看台上大部分是高中生，应该还是我前面遇到的那些学生。旁边的一块牌子提醒我，这里是爱国主义教育基地，他们是在游乐中体味家国情怀，不错！兼而有之。

快看，已经有人骑马奔跑在校场上，他们是在热身，马蹄飞扬，引来一片惊呼。咚咚咚咚——战鼓擂响，高台之上一大宋重臣大声宣读生死状，然后高喊"有请梁——王"！接着，身着盔甲、外披红色斗篷、手持一把长把月牙大刀的梁王拍马登场。好一个梁王！一进场就迫不及待地施展马上功夫，一会儿倒挂金钩，一会儿伏在马背上，一把大刀随着身躯的起伏和手臂的旋转舞得令人眼花缭乱。十几名随从也各展绝技，在马背上变换着各种姿势。观众们看到身手矫健的骑手和骏马，发出一声声惊叹。

骑手们在小试身手之后并排站在梁王左右，校场一片安静。大臣宣布梁王柴贵为武状元。话音刚落，英雄得志、意犹未尽的梁王慷慨陈词，高声喊"拿箭来"！他是要在众人面前再施箭法，以证明自己的武状元实至名归。只见他张弓搭箭，几声呼啸，啪！啪！正中靶标，台上台下一片欢呼。就在此刻，只听远处传来一声"且慢"！顺着声音望去，只见一手持长枪、身穿白色战袍、头系发带、长发飘飘的英俊少年骑着一匹深红色战马箭一样奔入校场，瞬间，他又手握弓箭，跑了大半圈后弓满箭出，连续几声啪！啪！命中靶心。台上大人问来者何人，台下少年高声答道，"来者岳飞，前来挑战梁王"。至此我才恍然大悟，这就是导游之前介绍的清明上河园的大戏——"岳飞枪挑小梁王"。

继续，好戏应该在后头。竟然有人前来挑战，到手的状元有点悬。小梁王心高气傲、盛气凌人，岳飞态度谦虚、从容自信。二人拍马向前，立刻刀光枪影，招招紧逼。一个如青龙偃月，一个如丈八蛇矛；一个是刀刀致命，一个是枪枪封喉。缠斗，追逐，几个回合下来不分胜负。小梁王要置岳飞于死地，使出要命招数。眼看梁王不依不饶，岳飞被逼无奈，使出岳家枪的绝技，几个回合下来，小梁王已经露出败象，岳飞想收手，但小梁王杀得眼红，根本不理会岳飞的谦让。岳飞被激怒，只见一把银枪在小梁王近身处翻转舞动，几下就把不可一世的小梁王挑于马下。

观众为岳飞喝彩，台上的大人却不干了，遂令手下拿下岳飞，就地正法。按理说，生死状已立，胜者为状元，何来死罪？再说最先动杀机的是梁王柴贵，岳飞是不得已而为之。但岳飞毕竟是忠义之士，不会冒犯朝廷。就当岳飞下马就擒、违心伏法的时候，岳家军赶到，他们怒问大人，岳飞何罪之有？而大人却置若罔闻，仍坚持问斩。岳家军忍无可忍，遂与官军展开马战，先是捉对厮杀，再后来是一场混战，岳家军逐渐占上风。此时台上另一位官员对主持比武的大人进言，我猜应该是为岳飞说情吧。这位主持大人眼见局面失控，就顺势大声宣布，免除岳飞死罪，让他为朝廷建功立业。

宋朝的社会生活在中国漫长的历史中属于丰富多彩的，而在保家卫国、戍边御敌方面却是软弱无力、屡屡蒙羞。这场武戏丝毫改变不了宋朝在军事上屈辱的历史，只是为这个游乐场所增加了一个有意思的看点，让游客加深对民族英雄岳飞的记忆，添几分爱国情怀。

勿忘"二七"

跟团游结束之后，我还有十几个小时的空闲时间，我不想浪费，于是决定参观一下离住地不远的"二七"纪念馆。我对"二七"大罢工印象颇深，主要是因为几十年前看过电影《风暴》。电影中，在法庭上慷慨激昂的施洋大律师和智慧勇敢的罢工领袖林祥谦的形象至今还经常出现在我的脑海中。"二七"纪念馆原是"二七"纪念塔，建造的地址就是当年烈士们被枪杀的地方。纪念馆中的每一个物件、每一段文字、每一张图片、每一段声像都会把你带进那个混乱动荡、烈火燃烧、血染中华的年代，那里能够看到仁人志士们崇高的信仰、坚定的意志。让我们记住那些为挣脱苦难而做出巨大牺牲的人们，记住1923年2月7日那个充满血与泪的日子。

尽管此次中原之行时值冬季，万物沉寂、缺少生机，可那山、那水、那历史的遗存足以令我感动、感慨、难忘，我心足矣。

2019年2月1日

一路黄龙

2019年11月24日上午10点多，我们跟随旅游团来到了黄龙景区门口，排队搭乘上山的缆车。导游多吉说，坐缆车可以保存体力用于之后的游览，也可以节省不少时间，因为我们游完黄龙还要赶往成都，还需要六七个小时。

下了缆车，我们沿木栈道在森林里前行。此时星星点点的雪花开始飘落，木栈道有点滑，幸好景区已经做好了防滑准备，在栈道中间铺上防滑布，很是人性化，真要感谢景区的服务。这段栈道最大的特点是与原始森林融为一体，到处都体现了人与自然和谐相处的理念，尽量不打扰这些参天大树，让他们自由生长。不过，在栈道上行走也得小心，否则可能会撞在路中间的大树上。走着走着，一只小松鼠与我们不期而遇，它似乎并不害怕人类，在我们抢着拍照的时候也没有逃走，而是上蹿下跳地与我们互动。告别了小松鼠，很快我们就来到了观景台，站在此台上向四周眺望，只见远山近树、云雾缭绕，苍茫灵秀汇聚于此。由不得我感慨，又要继续前行了，导游说停留时间过长再前进就更为困难。这里的海拔在3800米以上，一般人都会有高原反应，我也不例外。路越走越难，可登上黄龙最高点的决心不能动摇。

功夫不负有心人，终于我登上了最美观景台，呈现在眼前的是众多大小不一、颜色各异的水池。绿的鲜亮，黄的高贵，蓝的透明，白的纯粹，灰的淡雅，它们仿佛是大自然的调色盘。与五彩池遥相呼应的是被绿色和白雪覆盖的群山，这是岷山的一段，最高处是雪宝顶，海拔有5500多米。据说就是这段雪山给长征途中的毛泽东留下极深的印象，被写进他气壮山河、极具浪漫主义色彩的著名诗篇——《七律·长征》中。毛泽东当年经历的这段雪山，今天我也看到了，幸甚！幸甚！彩池，雪山，英雄，历史，在这里交织相会，实在令我辈惊叹和遐想。抬头雪山，低头彩池，远望浩瀚，近看妩媚。虽是自然美景，但由此而生的人文情怀也如一道壮美的彩虹耀眼夺目。

从五彩池下行，一路上步道曲折、小鸟啾啾、雪花飞舞。最吸引人目光的还是一组组彩池，有争艳池、娑罗映彩池、盆景池、迎宾池等，它们的相同之处是都有梦幻的颜色，不同之处是大小不一，大的有上万平方米，小的只有几百平方米。它们都像一颗颗明珠，晶莹剔透，光芒四射。再看看各位游客的表情，都是一脸的惊奇与眷恋。是的，置身于童话世界，人生能有几次，我也不想离开。那就不要吝惜你的眼神，吝惜你的情感，吝惜你所掌握的词汇。

眼前是"金沙铺地"，水在钙化质上流动飞奔。这是一片金黄的水道，宽的地方有60米左右，窄的地方有30米左右。目前水量不大，水时而平静地流淌，时而跳起来作几朵浪花。这一片金黄开始并没有引起我的关注，可随着地势的逐渐开阔，我开始被震撼，这不就是一条游走在中华大地上的黄龙吗？它一路下行，或急或缓，与我同行。突然，它的头不见了，走近一看，是钻进了"洗身洞"，实际上这是一个宽约40米、高约10米的瀑布，里面有一个直径约2米的洞。据说，"洗身洞"是道教、藏传佛教、苯教很看重的地方，自明代以来，有很多僧人道士前来沐浴净身。

黄龙没走，继续前行，它又出现了，只见它用巨大的"龙爪"轻轻地抚弄着水花，然后潜身而去，不知所踪。龙走了，我们的黄龙之旅也已近尾声。此时，几只小松鼠频繁地到步行道来吃员工们投放的食物，算是对我们的送别吧。

三个多小时的游览，黄龙的景色可谓美不胜收。

2019年11月26日

又见兰州

在飞机下降的过程中，我向斜下方看，除了白云、墨绿色的森林之外，还有一片片不规则的黄色。我不确定这黄色是什么，想随着飞机的下降看看究竟。渐渐的，那些黄色的区域清楚了，那是一片一片裸露的黄土，是一块一块寸草不生的土地。临近中午，飞机降落在兰州中川机场。

到达兰州的当天下午，我和同住一室的老王打车到黄河边，下车后沿黄河自西向东游览，据说这是兰州最好玩、最热闹的地方。

黄河真是壮观。它从远古来，从高原来，从雪山来，带来了喧嚣，带来了浩荡，带来了气势，带来了满目黄色，连浪花都是黄的。今年的雨水充沛，所以水量很大，岸边低处的人行道几乎全部被淹没，连绿化带也都有黄色的河水，远远看去，那些杨树柳树就像水生植物，煞是好看。高处的风景更加丰富多彩，首先是粗壮、茂密的绿植，这些高大的柳树是我平生看到过的最高、最粗的柳树，树冠遮天蔽日，连成一片，气势不凡。在众多的休闲的人当中有一位放风筝的先生有点厉害：一是他的风筝线是智能控制的，不用手动控制；二是他的风筝飞得非常高、非常远。放风筝的人看到大家惊异和赞赏的目光也十分得意。有几处人群正在唱地方戏，但唱的是什么曲目我不知道，主角多为中年女性，伴奏的都是上了年纪的男士，一曲接一曲，不紧不慢，甚是自在。还有一位上了年纪的女士，自己伴着音乐跳健美操，旁若无人，陶醉其中。最有美感也最具风情的还要数合唱队，6位穿着统一的天蓝色拖地连衣裙的大姐，在手风琴的伴奏下放声高歌，且表情喜悦、动作协调，引来不少观众。看样子应该是在练习，准备参赛。群众自发的文艺活动能够体现一个城市在文化建设方面的水平，这样看来，兰州在这方面做得不错。

我们走着走着，就看到了黄河母亲的雕塑，美丽的黄河母亲半躺着，用慈爱的目光看着扑在自己怀里的孩子。雕塑不远处，就是著名的被称为"黄河第一桥"的中山桥。该桥于1907年由德国人承建，历时3年多，花费白银30.6万两，于1910年竣工。据说该桥的使用寿命是100年，因此，为了保护这座老桥，现在只允许行人通过。我们从南走到北，又从北向南返回，在人群中感受这座百年老桥的沧桑和气韵。

有人说有水的城市有灵气，兰州不但有水，而且还是"中华母亲河"，有这条大河穿城而过，兰州更添一分气魄。愿这颗黄河上的明珠更加灿烂辉煌，愿古老的黄河文明继续大放异彩。

2020年8月30日

初访莫高窟

关于莫高窟，我事先是做了功课的，但我的功课并不是旅游攻略，而是在余秋雨的散文里认识莫高窟。它究竟想要展现给我们什么？给我们带来哪些思考？余秋雨告诉我很多，再结合我自己的理解，这让我对莫高窟不那么陌生了。

我们大约从十一点开始参观，我们买的是A票，可看8个洞窟。莫高窟与洛阳龙门石窟大不一样，它的每个窟都是封闭的，里面的雕塑不是石质的，而是沉积岩，它的密度无法与石头相比，但又比一般的泥土要坚固。莫高窟最大的特点是壁画遍布四周，窟顶更是精彩绝伦，但是有很多壁画已经遭到毁坏，后来才修复的。壁画涵盖的内容非常丰富，除了佛经故事之外，还有社会生活的各个方面。据说，这里的雕塑和绘画融合了当时世界多个文明的精华，所以，其文化表现力及艺术价值都堪称一绝。由于敦煌文化博大精深，因此逐渐形成了敦煌学，现在，研究敦煌不但是中国学者的课题，也已经成为世界的焦点。讲解员讲了不少，我努力听、努力感受，可到头来还是觉得脑袋空空如也。不过有一组壁画我印象比较深刻，讲的是当年张骞出使西域打通了丝绸之路的故事，除此之外，张骞还带回了关于佛教的大量信息。

参观莫高窟，我最想看的还是藏经洞，这个被余秋雨特别关注的地方我也很感兴趣。藏经洞是第16窟的一个密室，面积不过几平方米，高不过2米。就是这个藏经洞，曾收藏那么多国宝级的经卷和画作，它们不知在这里度过了多少乱世，可最后却还是因为王道士的无知、清政府的无能而远离故土。英国考古学家斯坦因用不光彩的手段，取得了藏经洞中的上千卷经文和绘画，可悲的王道士！可恨的文化强盗！此时的清朝早已腐朽散架，奄奄一息、自顾不暇，早已无法顾及远在大西北的文化珍宝。所以，腐败透顶的清朝是莫高窟悲剧的罪魁祸首，是他们把中国一步步带入屈辱的深渊。

此番参观，我最大的收获不是记住了多少细节，而是对莫高窟有了具体的感受，感受它的魅力，感受先人的智慧。

现在的莫高窟景区，可供游客欣赏的不仅是洞窟、壁画、塑像、经卷，还有一个重要的大型演出——《又见敦煌》，它俨然成了莫高窟不可分割的一部分。我曾看过《印象丽江》，那个演出肢体动作多，台词少；《又见敦煌》既有肢体表演，又有舞台语言，且舞台效果变幻无穷、大气磅礴，让有1600多年历史的敦煌莫高窟的伟大、磨难、屈辱、重生尽现眼前。我认为，整场演出最突出的主题应是中华民族的苦难，我的情绪也一直深陷其中。一曲曲合唱都是无比悲凉，直唱得我有放声大哭的冲动。那些对白和质问，句句铿锵，直击人心。我鄙视王道士，他是千古罪人；但他又是可悲的，是被时代洪流裹挟的卑微的蝼蚁。除了宏大的主题，演出中的一些创新之处也令人难忘，例如让观众随演员一起走动，让演员在空中和地下突然现身表演，这些编排都增加了观众的体验感和舞台的美感。

莫高窟，我还会再来！

2020年8月31日

难忘荔波小七孔景区

按旅行社计划，游览荔波小七孔景区是我们此次行程的第一站。2020年11月15日上午11点左右，我们到达景区第一个景点卧龙潭。展现在我眼前的是虽然面积不大，但却清澈透明、倒映着山的潭水。水依恋着山，装点着山，也因山而更加壮阔、更加深邃。游人无不为此而惊叹驻足，争抢着最佳位置拍照录像，如果动作不快点，可就抢不到好的位置了。本来我以为卧龙潭就是一个小水潭，可走着走着水面逐渐开阔，潭水的气势从灵秀变为宏大。此时，我已经不用再选景拍照了，因为无处不美、无处不醉人。正在我满心欢喜的时候，更美的景色又来了，它就是卧龙潭瀑布，它把卧龙潭的水打理得如同光滑洁白的绸缎，把它送给游人。随后，瀑布又轰鸣着、翻滚着潜入密林深处，与我们告别。

乘一段景区大巴车，我们进入了第二个景点——翠谷瀑布。先是走了几百米山路，有点曲径通幽的感觉。果然，眼前出现了一片面积不小的水域，抬头远望，绿色的山坡上有多条若隐若现、或宽或窄的白色向下延伸着，那就是翠谷瀑布，在一片苍翠幽静中冲出来。据我观察，翠谷瀑布最大的特点是它的整体性和含蓄细腻，所以观感更强，入画更美。这里应该是写生的好地方，青山瀑布，碧水湿地，古树芳草一应俱全。看了远处也不能忽视眼前，一群群游鱼在水中嬉戏，吸引了人们的视线，有人追着鱼录像，有人蹲下来逗鱼，有人干脆捧起水喝一口或洗把脸，真是清凉甘甜啊！

十几分钟后，我们来到水上森林的石上森林路段，这也是一段非常美妙的行程，因为有森林和流淌的水一直伴随着我们。开始我们是走在石板小路上，路边一会儿是竹子一会儿是灌木，偶尔也有几株高大的乔木。随着我们的逐渐深入，石板路不见了，路已经变成一块一块分离的石块，石块与石块的间隙中就是那一直跟着我们的水。这时走路就得小心了，落水是小事，就怕踩空了受伤，那可就麻烦了。还不错，我们不但保证了安全，还沿途欣赏了原始森林的沧桑之美，感受水的灵动韵律。对了，还有一株株老藤缠绕在树上，也不知它绕了多少年。

导游说，荔波小七孔最精华的部分是后面的1.6千米的路程（即68级跌水瀑布）。15日下午1点多，我们正式进入这段路程。在进入美景之前，让我们停下脚步，做一下深呼吸，平复一下心情，然后再整理一下衣衫，因为美是天地赐予，我们不能贸然踏入。

首先是一个半自然半人工的瀑布，虽然它不宽也不高，但水量大、气势足，雾气弥漫，蔚为壮观。再往前是一条有着许多巨大礁石的水道和多彩的树木。水的颜色一会儿是蓝色，一会儿是绿色，一会儿又变成白色；巨大的礁石应该是大自然用来造景的，因为瀑布往往因它而生；多彩的树是美的基调，有了这郁郁葱葱的植被，其他的景色便是锦上添花。

转眼间，我们又来到一个瀑布——双龙瀑布，这两条瀑布一宽一窄，并肩而行，都是两级瀑布。它们从茂密的森林中涌出，像两匹狂奔的野马，呼啸奔腾，不过几乎是瞬间，它们就让一个深潭给"收服"了，安静平和，没有任何挣扎。

我驻足回看，一个连着一个的小瀑布演奏着"乐曲"，白色的浪花蹦蹦跳跳地汇入碧潭，一侧的森林默默地迎接着游人，观景步道上不停地传来游客的欢声笑语和惊呼赞美，一幅精美的山水画卷徐徐在我们面前展开。

如此美景真让我迈不开腿，就在路边，还有一条高约30米、宽约10米的瀑布，它一股脑儿地倾泻而下，车辆游人要从此处过，必定要接受它的"洗礼"。天然瀑布近在咫尺，这是美景也是奇迹。这个瀑布有一个好听的名字——拉雅瀑布。它就在路边等你，与你不期而遇。

旅程的"收官之作"来了，眼前的水已经没有了波澜，平静得像一面镜子，但颜色却更加分明，蓝、绿、白、灰。这里有一片片像哨兵一样仁立的茂盛的芦苇，执着地守护着这一方纯净；有在水中傲然挺立数百年不倒的老树干；还有成群的游鱼与游客互动。景区的标志、也是曾经黔桂地区重要的交通驿道——小七孔桥，虽然历经近200年的风雨，如今却身披绿装，上有藤蔓缠绕，下有苔藓"护身"，沧桑却不失风韵。

荔波小七孔景区被誉为"小九寨""地球腰带上的蓝宝石",看过了你就会知道,这一点都不为过。

2020年11月24日

云南游

金秋十月风物爽，
远行云南别家乡。
苍山洱海秀大理，
古城小楼民歌扬。
雪山白云江水明，
叠瀑翠海丛林茫。
茶马古道牵幽情，
治国安邦蜀丞相。
红军长征播火种，
八角灰帽戴头上。
石林奇绝鬼斧工，
仿入幻境迷四方。
美丽姑娘阿诗玛，
风雨无阻背箩筐。
爱情故事传千古，
潺潺溪水润彝乡。
民俗民风色彩多，
女劳男逸子认娘。
情景交融接不暇，
自感无才搜断肠。
归来数日思绪多，
梦中犹眺金沙江。

2008年10月28日

我对雪山说

你没有银装素裹的壮美，
只有少许的冰和雪，
与几朵白云耳鬓厮磨。

但我仰望你，
因为你高崇，
因为你圣洁，
因为你是大地血脉之源，
因为你滋养了无数的生灵，
包括临时来访的我。

但愿这可怜的积雪不再融化，
稀有的冰川不再消失，
让后代能像我一样，
对冰雪诉说心。

善待自然吧，

我们已没有资格轻慢它，

人类需要停下来反思，

和谐发展才能各得其所。

2008年11月1日

示儿

英伦求学目标明，
治学严谨扎实行。
无意光阴转瞬过，
风霜老楼寄深情。
如今天涯谋生存，
一路艰辛加伶仃。
矢志不渝天道酬，
我待儿郎唱大风。

2010年8月17日

扬州行

    2012年12月20日至22日扬州之行，让我深感历史之厚重、景色之绝美，不记之实不心甘，遂有小诗二首。

一

早闻扬州风景美，

不晓广陵淡雅情。

看物观古思高士，

何时放浪任我行。

二

人杰地灵数不尽，

风物润我多忘形。

瘦湖野鸭情侣戏，

琼花早落雨亭零。

黛玉葬花多凄切，
玉桥画舫女轻盈。
古刹高僧欧阳醒，
怀古悠悠唐宋情。
扬州两日如盛宴，
终生无憾可慰灵。

2012年12月22日

感怀

2014年3月26日，海军航空学校（现中国人民解放军海军飞行学院）同学姜兴义携妻来青，在青同学张泽海、张有来、侯明华、苗军、杨俊良在酒店共同接待，老战友说当年、聊趣事，甚欢。为记之，特写小诗。

春花秋月飘忽间，
忆兮当年多慨叹。
比赛"光头"戏青春，
夜跑铁路几少年。
正月十五看花灯，
心猿意马不言传。
陈年小米再掺沙，
装病骗医吃挂面。
白天学习晚电影，

芬芳文艺浸心田。

复查视力怪象生，

兄弟相助渡难关。

学业速成修正果，

各奔东西偶相见。

斗转星移跨世纪，

两鬓染霜步中年。

人在旅途不言停，

一生求索慰苍天。

2014年3月30日

夜吟小诗

2014年5月15日晚上10点，我离家到软件园健步走，刚出家门就闻到从浮山弥漫而来的槐花香甜味，感叹自然神奇美好的同时，联想到人类对环境的破坏，不免有些哀伤。一首小诗可表心境。

夜深人静槐花开，
推门扑面香甜来。
自然神奇无私欲，
人类自私终可哀。

2014年5月15日

夜游烟大

2015年9月22日夜，逛烟台大学校园，绕湖一周，眼前景色触动吾心，遂有小诗一首，以存念。

夜幕灯火湖水静，
岸柳荷花翠竹香。
闲情垂钓鱼不知，
春心细语诉衷肠。
漫步烟大美校园，
老夫欲发少年狂。

2015年9月23日

那个周日

2016年7月17日到近郊一生态园游玩儿并登山，充分体味了人工雕琢与大自然的和谐之美，遂有小诗一首。

那是一个周日，
我背上行囊。
乘坐的大巴一路东行，
开进了离山不远的地方。

茂密的竹林中，
湿润而又凉爽。
安静美丽的花草，
尽情地沐浴阳光。
各种各样的蔬菜，
比赛着成长，

还有未成熟的猕猴桃，
三两成群的小模样。

往北不远就是山，
不高不大也不张扬，
一个二百多阶的天梯，
你还真不能说上就上。

脚踩擎天一柱①，
远望一派苍茫，
无名山有大气魄，
平常人赞北国风光。

十八罗汉各显神通，
海神娘娘②正襟危坐，
眼中透着对平安的希望。

累了，还有静谧古朴的客栈，
那里是放松身心的极好地方。

注：
①：擎天一柱是一个小山峰。
②：半山上有供奉海神娘娘的海神庙，也有供奉十八罗汉的石
屋，看样子建成的时间都不长。

2016年7月18日

送杜艳玲丈夫白先生

一

杜鹃花开满山娇，
艳丽无双不自傲。
玲珑剔透株株美，
老树新枝尤为俏。
公仆报国也爱家，
好人一生乐逍遥。

二

同道一生实难求，
学海无涯自行舟。
都说关山千里远，
好在微信暖心头。

2016年9月4日

迟到的雪

青岛已经一个冬天没有下过一次像样的雪了，春天已经来了半个多月，雪终于来了，有点晚。

尽管姗姗来迟，
但是它来了。
夜里悄悄地来，
凌晨轻轻地走。

也许因为屡次爽约，
雪也有点难为情。

其实大可不必，
来了就能冰释前嫌。
何不洋洋洒洒，
在一个清早飘落我的窗前。

2017年2月22日

那个偏僻的地方
——为导航连战友聚会而作

那个偏僻的地方，
有一处俄式营房。

那里有一条林荫小道，
两边的水沟是青蛙的天堂。

那里还有一片耕地，
种满了地瓜白菜西红柿，
还有起伏的麦浪。

那里有一眼老井，
井水不但用于浇地，
还能洗衣冲凉。

那里有几棵桑树，
桑葚成熟的时候，
我曾悄悄地攀爬品尝。

那里有一个土篮球场，
假日里、晚饭后，
一群年轻人挥汗逞强。

那里有一片海，
安安静静，
从不淡抹浓妆。

那里有大块草地，
我在草地里放牛，
阿诗玛的歌声把我带到远方。

那里有一群热血官兵，
他们积极进取，
崇尚比学赶帮。

那里有我的良师益友，
最好的年华，
在那里绽放。

那里是一所学校，
教授的是意志和才能，
起飞的是梦想。

那里有青春迸发的集结号，
生命的强音，
常常在那里奏响。

那里不仅是地理坐标，
更是对人生的淬炼，
想起来就荡气回肠。

那里已成为遥远的记忆，
可在我们心中，
它永远闪耀辉煌。

2017年5月13日

那一刻

2017年5月14日上午，我回到老部队海军航空兵第二师土城子场站导航连，触景生情，心中有话要说。

那一刻，
是我很久以来的梦想。

那一刻，
我走进导航连营房。

站成两排的年轻官兵，
微笑着给我们鼓掌。

是欢迎游子回家，
是情感的交流与激荡。

此时我两眼模糊，
热泪盈眶。

这是千里朝圣，
如同跪拜爹娘。

它是摇篮，
我曾在摇篮里成长。

它是学校，
我曾在这里读书自强。

它是生产队，
我曾在那块土地里春种秋忙。

那个活动室，
是我夜读的地方。

那个乒乓球台，
更使我永生不忘。

那里有我的汗水，
还有半夜冷水洗头的清爽。

不怕困难不知疲倦，

是因为心中有奔腾的志向。

天道酬勤，
终有一天我上了"金榜"。

短短的一年三个月，
那是何等的分量。

我热爱那块土地，
却又不得不转向他方。

那一天我告别了，
没有回头再望。

……

三十八年的离别，
那是多么遥远漫长。

三十八年后的重逢，
那是何等的盛大酣畅。

看一眼可爱的年轻战友，
那颗火热的心，
似乎又在这里安放。

回家！回家！

我满足了心愿，
了却挂肚牵肠。

那一刻，
举杯是欢乐，
放下了又感伤。

那一刻，
天高海阔，
大漠苍凉。

那一刻，
离别又将开始，
乡愁还得重新丈量。

那一刻，
还将是希望。

2017年6月1日

秋

四处觅秋秋无语，
身边有秋秋意浓。
浮山之秋也如画，
霜叶纵情任性红。

2017年11月10日

看黄河入海口湿地有感

芦苇苍苍水连天,
鸟声阵阵响耳畔。
曲径通幽木栈道,
红柳戏风卫自然。

2018年12月22日

浏阳聚会小记

子夜南飞，

是为一个美好的约定。

千里会友，

是因为曾经的那块红土。

长沙我来了！

兄弟我来！

我们相见于孟夏，

畅饮在浏阳河边，

2019年5月20日

转兵井冈

2019年5月20日下午，我参观了文家市秋收起义纪念馆，遂成小诗一首。

秋收起义转方向，
武装割据上井冈。
小镇不小文家市，
一军一师旌旗扬。

2019年5月23日

对楹联

一

1. 江山入画　凤凰报春

2. 风正民心顺　天晴山峰近

3. 冬去山清水秀　春来柳嫩花红

4. 猴戏满园桃李艳　虎啸深山松涛劲

5. 迎新春盼江山一统　辞旧岁固海岛御敌

6. 梅雪争春山河添秀色　莺柳戏风乡野增瑞气

7. 临溪画岫十里松风收笔底　观海凭栏万顷波涛汇眼前

8. 天起云波地连山海改革风潮吹遍大江南北
   骨继魏晋韵承唐宋创新气象充满文坛上下

二

1. 风平两岸静　潮起万马腾

2. 春风吹皱三江水　夏雨润泽五岳松

3. 两岸交流结硕果 三地通达铸辉煌

4. 慈城古镇传慈孝 义乌新都兴义举

5. 一寸梅香三寸雪 十分父爱六分严

6. 天下名阁藏古今文化 万方学人阅中外经典

7. 开埠千年 港通天下丝绸路

 阅典十载 卷藏世间锦绣途

8. 一体共识 狮城携手纵论家国天下事

 两岸同行 东海并肩捍卫岛礁中华名

9. 情牵两岸 笑满人间 春风共饮一湾水

 梦绕故乡 望断天涯 冬雪同临半山屋

2016年2月2日